溝

さはさりながら
ひと皆狂鬼を棲まわせて

西 炎子

目次

溝

未明から降り出した雨は日が落ちてもいっこうにやむ気配がない。水浸しの階段を上った彼がそこに見た北千住の街並みは二十年前とは明らかに違っていた。当時谷口恭一が猥雑だとも思っていたあの街が今は秩序だった佇まいを見せ靄の中に霞んでいる。

あたり一帯の平屋は高層ビルに建て替えられビルのネオンが雨に滲んで点滅していた。繁華な街を居酒屋の呼び込みの声が飛び交い、その前を忙しげに人々がすり抜けて行く。彼は階段を上り切ったところで記憶を辿るように暫く佇んでいたが、やがてある方向に向かって迷うことなく歩き始めたものの十一月のその日の寒さに彼は思わず身をすくめる。

「まったく何でこんな日にこんな場所まで俺がわざわざ出掛けて来なければいけないんだよ」

そう言ってはみたもののその理由を誰よりも一番承知しているのは彼自身に違いない。

（津田は本当に死んだのだろうか）

風の勢いが強くなり、傘をさしていても細かい雨粒は恭一の全身に降り注ぐ。今朝から続いている彼の気持ちの昂りの原因は、前日の真夜中に掛かってきた遠山憲太郎からの電話のせいだ。彼は今では美術評論家としてそれなりに忙しい日々を送っているのだが、今は売れっ子画家になっている恭一とは二十年前同じ絵画研究所に通い毎夜安い酒を飲みながら青臭い芸術論を闘わせていた旧知の間柄だ。

「津田が…津田が…俊介が死んだんだ」受話器の向こうからいきなり遠山の声がする。

「えっ？　何だって？」

「俊介がよぉ、俊介が死んでしまったんだよぉ」

「俊介が死んだ？　あの津田俊介がか？」

電話の向こうの声で遠山の体が小刻みに震えているのが分かる。

「おまえはあいつとはここ何年か無沙汰だったんだろ？　だからそこらあたりの事情はあまり分からないだろうが、俊介は七年前からドイツに行っていたんだ」

「ドイツ？　ドイツにあいつは行っていたのか？」

「赤沢健があっちにいるだろう。七年前からそこを拠点にあっちで制作を続けていたんだ」

（あのあと俊介がどこへ雲隠れしたのかと思っていたら、なーんだ、あいつは日本から逃げ出していたのか。そうか、あいつはドイツにいたのか）

「何があったんだ？　病気か？」

「いや、あいつの住んでいたヴォルフスブルクからハンブルクへ行く道路で多重事故に巻き込まれてしまったんだよ」

「交通事故？　交通事故に遭ったのか」

その時の状況を想像するだけで恭一の嗜虐的性癖は限りなく満たされていった。

「信じられないよ。何かの間違いじゃないのか」

（俺がいく度となく抹殺しようとし、しかし果たせなかったあの木偶のようにしぶといあいつが、たかだか交通事故などでこんなにあっさりと命を落とすものだろうか）

「いや、信じたくない気持ちは分かるけど歯科医のカルテが何よりの証拠なんだよ。治療痕や使用していた金属片などから見てもあいつに間違いないということらしいんだ」

「本当に間違いないのか？」

恭一は念を押す。

「あ、、残念だが本当の話なんだよ」

とんでもない。残念だなんて俺はこれっぽっちも思っちゃいないし、歓喜のために俺はこの場で飛び上がりたいほどなんだという言葉を恭一は飲み下す。しばらくの沈黙のあとに昔を懐かしむような湿り気を帯びた遠山の声が優しく恭一の耳朶に響いてきた。

「なあ、北千住のあいつのぼろアパートによく行ったよなあ」

「あ、、あれからもう二十年は経つか…」

「あそこで明日の晩、あいつを偲んで昔の仲間が集まろうということになったんだ」

「えっ？　あのぼろアパートまだ壊してなかったのか？」

「あ、、もう何年も前から壊すことは決まっているのだがいろいろな事情があって未だにそのままなんだ。俊介以外の住人はもうとっくに引っ越して今借りているのはあいつだけなんだが、大家さんが他の空いている部屋も絵の保管に使っていいということで俊介も喜んでいたんだけどな。あいつはドイツに行く時、時々空気の入れ替えをしてほしいと言ってアパートの鍵を僕に預けたんだよ。だからさ、明日の夜あの当時のようにあの部屋で酒を飲んであいつを見送ってやろうじゃないか。なっ、いいだろ？」

（冗談じゃないぜ。津田と関わりあうのはもう真っ平だよ。あいつが死んだことを聞いて、俺は今あいつと出会って初めてといってもいいほどの解放感に浸っているんだ）

　恭一はそれを味わうためか遠山には分からないように大きく伸びをする。

「いや、行きたいのは山々なんだけどな、丁度急ぎの仕事が入っちゃっているんだよ」

「そうか、そういう事情なら仕方ないな。しかしお前は相変わらず売れっ子なんだなあ。でもし仕事が片付いたなら来いよな。一同期待しないで谷口画伯のおいでを待っているよ」

　揶揄（やゆ）するような含み笑いをすると遠山は受話器を置いた。

　その日は東京に遅い春一番が吹いた。二十三歳の谷口恭一は平静ならざる気持ちで待ち合わせに指定された道玄坂下の喫茶店〝ビギン〟にいた。入口の自動ドアが開くたびに落ち着きなく目を上げる様子からも彼の心の昂ぶりがおかしいほどに見て取れる。なぜなら彼は一時間前、研究所のクロッキー授業の休憩時間にその日のモデル・葉山由宇子（はやまゆうこ）から小さく折り畳んだメモ用紙を渡されたからだ。

その日も恭一は渋谷の絵画研究所にいつものように六時過ぎには着いた。その教室に彼が通い始めてすでに二年が経っていたが、その時彼はそれまで通っていた私立大学から芸大へ入学し直し絵描きの卵としての第一歩を踏み出していたところだ。

受付で回数券を渡すと、ヌードデッサンをするつもりの彼はその教室がある一番奥に向かったのだがなぜかいつもとは様子が違っている。いつもだったらその時間にはまだ十分席があるはずなのにどうした訳か半開きの扉の前には三十半ばとおぼしき男が椅子をかかえて困惑した様子で立っている。怪訝に思いながら男の肩越しに教室を覗くと、その日のモデル葉山由宇子が体を捩じった立ちポーズで正面を見据えている。

（なるほどな、そういうことか）

恭一は由宇子の挑むようにつきだしたピンクの乳首と形よくもやっている下半身を素早く盗み見ると今度はその目を教室中に巡らした。赤沢健と山口知也がすでに来ていたが、知也は彼と目が合うと後で飲もうぜのサインを送ってくる。

ヌードモデルを使ったデッサンができるその研究所に来ている人たちは、経歴も年齢もまちまちで、誰もが何らかの屈折した思いをかかえているようにも見える。約二時間、来ているほとんどの人は誰と言葉を交わすでもなく、黙って来て黙って帰っていく。当時都内には幾つものそのような研究所があったが、渋谷のその教室になぜ彼らが集まるようになったのかというと、都内の数ある研究所の中で教え方のうまい講師がいることとヌードモデルの質が際立って高いというのが第一の理由だろう。そしてここに来れば同年代の誰かに会うことが出来、絵のこと将来のことを本気で語れるのが楽しみでもあったからだ。

その日も由宇子が二分のポーズを十五回とったところで十分間の休憩に入った。彼は休憩中に用を足すため少し離れたトイレに向かったのだが、長い廊下を戻る途中でブルーのバスタオルを体に巻き付けた由宇子が軽やかな足取りで遠くから歩いて来るのが見えた。（さっきまで俺の前で惜しげもなく曝していたあの体が…）彼は自分がバスタオルの下の彼女の体を想像していると悟られるのではないかと慌てて目を伏せる。由宇子は恭一に真っ直ぐ目を当てながら歩いてきたが、二人が近づくにつれその速度を徐々に緩め彼女はすれ違う少し手前で立ち止まった。それにつられて目を伏せたままの彼もその場で思わず直立不動の体勢になったが、真っ赤なサンダルをつっかけた彼女の白い素足が俯いた彼の目に否が応でも飛び込んでくる。俯いていた彼は黙ったままゆっくりとその顔を上げたが、彼の目から鼻にかけての流麗な曲線が心もち朱に染まっている。彼はそれを悟られまいとするように右手を軽く鼻梁に当てると軽く頭を下げた。大勢いる教室の生徒などたぶん由宇子は見てもいないだろうし関心もないだろうから、当然自分のことなど知る訳がないと思いながらも彼はそうせずにはいられなかった。と、彼女はにっこり微笑みながら右手を差し出すと手の中で小さく折り畳んでいた紙を彼の手に押し付けた。彼は驚きながらも由宇子の体温で温められた小さな紙をとっさに受け取り手の中にしっかりと握り締める。直立したままの彼は遠ざかっていく由宇子の規則正しい足音を荒い息の中で聞いていた。

十分の休憩が終わり再び由宇子がポーズを取り始めるとまた沈黙の時間が流れていく。由宇子から渡されたメモを胸のポケットから取り出した恭一は静かにそれを広げてみる。

《ご相談したいことがあります。今夜八時十五分に道玄坂下の〝ビギン〟にいらしていただけますか》

そのメモは恭一が必ず来るものと確信しているような伸びやかさで書かれている。恭一はこの教室に二年間通っているのだが彼女と今まで口をきいたことなどなかったので彼女の意識の中に自分がいるなどと思ったことは一度としてなかった。

それがどうだ！　その女が俺と二人だけの時間を持ちたいだと？　彼が上気した顔を上げると、そこには両手を背中で真っ直ぐに伸ばし顔をのけぞらせた彼女の右側面があった。

そこに通っている生徒たちの間では、誰言うともなくモデルと親しくなるべからずという不文律のようなものが出来上がっていたし、実際人生の荒波を潜ってきたようなモデルたちは青臭い画家の卵などにはいささかの興味も感じていないようにも思える。だから今回の由宇子の行動は恭一にとってはまったく予想外のことでもあった。

ビギンの自動ドアが何回目かに開いた時笑顔の由宇子と目が合った。走ってきたのか、息を弾ませ心もち上気した由宇子は席に座る前に恭一にまず謝罪を言うと頭を下げる。若草色のニットのワンピースに金の鎖のベルトを無造作に回しただけのシンプルな格好の由宇子はそれだけでも十分に人の目を引いている。先ほどまで一つに束ねていた長い髪を今は両脇に垂らしそれが陶磁器のように滑(なめ)らかな肌をいっそう引き立てている。

「いや、これからアパートに帰ってもどうせテレビを見ながらラーメンを啜るだけだから」

「無理に来ていただいたお詫びに、ラーメンではない夕食をせめてご馳走させて、ねっ？」

由宇子はおなかペコペコと言いながら無邪気な笑顔を見せると立ち上がった。

ビギンを出て道玄坂を少し上ったところのこじんまりとしたイタリアンレストランは照明を落とし店内は感じの良いものだった。

恭一と軽くグラスを合わせた由宇子は、かすかにほほ笑みながらそのふっくりとした唇にワインを含みそれをゆっくりと舌の上で転がすと顔を幾分仰向けたまま静かに飲み下した。美しい曲線を描いた彼女の白い喉がゆっくり上下するのを見て、彼は突然自分でも制御できないような強烈な欲望を覚えていた。あのぬめるような喉をさらに下りていくと由宇子のつんと上を向いた乳房が、そしてさらに下にいくと柔らかくもやっている下腹部が…、ほんの数十分前まで由宇子の全裸が自分の目の前に惜しげもなく曝（さら）されていたのだと考えた時、恭一は眩暈（めまい）を覚えブラウンの彼のその瞳の焦点はほとんど定まらなくなっている。

「あのー、どうして…」

　どうしてあなたがヌードモデルなんかをしているのかと彼は彼女に聞きかけたが、自分の欲望が見透かされてしまいそうな気がして慌ててその言葉を飲み込んだ。

「あのー、どうしてあなたは東京に出てきたの？」

「いやだ。やはり訛（なま）りが分かりますか？」

「いや、そうじゃなくて東京に住んでいる七、八割の人は地方出身だというからさ、あなたももしかしたらそうかなと思ったただけなんだよ」

（あーぁ、やれやれ。俺の突然沸き上がった欲望はどうやら気付かれずにすんだようだ）

　彼は由宇子の緩やかな弧を描く喉の曲線をもう一度なぞると満足げに微笑んだ。

「実は私女優になるために家族の反対を押し切って十八の時に広島から出てきたのです」

　そう話し始めた彼女は、実はこう見えても高校時代は美術部で油絵を専攻していたのだと笑う。しかし演劇により魅力を感じていた彼女は結局東京の劇団に入り今は修行の真っ最中だという。そして東京での生活は母親が家族に内緒で送ってくれる僅かなお金と夜の飲食店で働くバイト代とヌードモデル代で賄っていると話す。

「私がなぜヌードモデルなんかしているのかと思っているのでしょう？」

彼女は彼が聞きたかったことをあべこべに問い返してきた。

「実は私には女優として当然持っていなければならない覚悟というかしたたかさというか、そういうものが欠如しているようなのね。だからヌードモデルをすることで女優としての必須条件を少しでも満たしたいと思ったことと高校時代の美術部では何人ものモデルさんのデッサンをしていたのでモデルという仕事にそれほど抵抗はなかったのとモデルのアルバイト料が普通の仕事よりかなり高いのも魅力のひとつだったわ」

彼は本心を突かれたことでうろたえてはみたものの大変なんだねと鷹揚に頷く。

もしかしたらこの女は、俺とこういう時間を持ちたかったのを相談ということにかこつけたのかとも思いながら恭一は掬い上げるように由宇子を見る。

「あのお、相談ってあったけれど相談って何？」

急な問いかけに慌てた彼女は言葉を探すように唇を噛むがやがて大きく息を吸い込む。

「津田さん、津田俊介さんは誰か好きな人がいるのですか？」

（なーんだ、やはりそういうことだったのか）

納得した彼はちょっと口を引き上げるとシニカルに笑う。

「ごめんなさい。津田さんから谷口さんたちのことはいつも聞いていたので。でも赤沢さんや山口さんより谷口さんが一番優しそうで相談に乗ってくれると思ったんです」

恭一にとって津田俊介と由宇子が付き合っているという話は寝耳に水だった。

「いやー、驚いたなぁ。津田があなたと付き合っていたなんてちっとも知らなかった」

「付き合っているとは言えないわ。ちゃんと付き合っているという確信があるのなら谷口さんに相談なんかする訳がないでしょ？」

「確かに。でもお互いそういう話はあまりしたことはないが、あいつにはたぶんそんな洒落た関係の女はいないと思うけどなあ」

由宇子の目が輝く。

「間違いないよ。あなたから好きだと言ってちゃんとした付き合いにすればどうなの？」

「言ったわ。でも結婚は出来ないって」

「結婚？　もうそんなところまでいっているの？」

恭一の言葉に彼女は頑是(がんぜ)ない子どものようにこくんと頼りなく頷く。

「分かった。津田が何で結婚できないのか、俺からあいつに聞いてみるよ」

(しかしあれだけの才能を持ち合わせているあいつの人生の選択肢は絵描き以外には考えられないはずだ。好きな女が出来たからといって、ハイ、結婚しますとはいかないのは当然のことだろう)

「三日いや一週間待ってくれ。来週の同じ時間にここで…いい知らせを持ってくるよ」
目の前の消え入りそうな様子の由宇子を見ながら恭一は俊介に一応話をするだけでもしなければならないだろうと覚悟を決める。

三十三歳になった谷口恭一の画家としての道のりは文字通り順風満帆といって良いかもしれない。五年前にはそれまでの努力のすべてが報われたように美術界の賞という賞を総なめにした。彼の絵はたいして魅力あるものでもないが、人間上り調子の時は運が向こうのほうからやってくるということなんだな、などとやっかみ半分で言う人も少なからずいた。

恭一がたて続けに新聞やテレビ、週刊誌に時の人として登場すると、時間を持て余した主婦やOLたちの美意識が、彼の物憂げな彫りの深い顔立ちと長身痩躯（そうく）に合致したのか彼女たちは嬌声を上げ始めた。彼を《現代のモジリアーニ》と呼ぶ彼女たちは受賞後の彼の個展会場に詰め掛け会場はそれらの女性ファンたちで毎回埋め尽くされた。

渋谷の研究所に恭一と一緒に通い、ともに熱い時間を共有したほかの仲間たちも今は全員が三十歳を過ぎ、彼らの上にもそれぞれの時間が流れていた。

アパレルメーカーに就職した山口知也は企画室のチーフを任され、今では会社重視の毎日を送っていたもののそれなりに充実した生活を送っている。大久保直哉（おおくぼなおや）も大学を卒業した後大手自動車メーカーに就職して、今は宣伝部でテレビや雑誌向けの宣伝プランニングをしているという。しかし山口知也も大久保直哉も多忙な日々であるにもかかわらず、やはり好きな絵とは縁が切れないまま日曜画家程度には今でも絵具をいじっている。絵描きより商売のほうが向いていると自覚し大手量販店に就職していた赤沢健は、もう一度本格的に絵を勉強し直したいと就職二年目でドイツの友人の伝手（って）を頼りに留学をしたがそれから三年が経った時に、やはり自分は商売のほうが向いていると現地で土産物店を開き今では結構繁盛しているという。出版社を退社した遠山憲太郎は、描くよりも見る側に路線変更し今は美術評論家として原稿依頼も来るようになり、贅沢（ぜいたく）をしなければ何とか生活ができるようになっている。そして津田俊介は彼なりのやり方で絵の制作をずっと続けていたがそれは今も変わらない。

いっぽう今や売れっ子作家となった谷口恭一はというと、今年も美術の秋の第一弾と称された個展〔現代のモジリアーニの秋〕が銀座の下田屋デパートで開催されている。

下田屋デパートにとって谷口恭一は確実に商売になる画家で、だからこそ秋の一番いい季節を彼のために二週間も使って展覧会を開催するのだろう。大小含めて彼は今では年に三、四回は個展をするようになっていたが、その仕事ぶりたるや昔のような我が内に飢餓感を抱えての闘いなどというものからはほど遠く何とも甘い居心地が良いだけのものになり果ててしまっている。量産せざるを得なくなった彼の筆は荒れそれでも今までの習い性で彼の手はひとりでに動き作品はいくらでも出来上がっていった。

谷口恭一と津田俊介はお互いが個展をする時にはそれぞれに案内状を出し合っていたのだが、いつもなぜかすれ違ってここ何年間は会っていない。

下田屋デパートの恭一の個展の案内状は今回も俊介の手元に届いてはいたが、俊介はかなり前から即売会の様相を呈している彼の個展を見る意義が見出せなくなっている。しかしそう思いながらも今までの習慣で彼は今回も会場に足を運んでしまっていた。

「あいつの展覧会に来るのも今回限りで勘弁願おうかな」

彼はその案内状に印刷された恭一の手慣れたタッチのパリ風景を見ながらそう呟く。

小春日和の休日、二、三の知り合いの展覧会に顔を出した後、俊介は銀座の喧騒から一変してシューベルトの音楽が流れる静寂な下田屋デパートの中に身を移した。個展会場の入口付近には彼の交遊の広さを誇示するかのように有名人からの花束がずらりと並べられ、会場の中にも大勢のファンたちが恍惚とした表情で彼の作品の前に佇んでいる。

俊介はひと通り会場を回ったところで知人らしき人と話している彼を遠くに見かけたがなぜか声をかける気持ちになれない。芳名簿に記帳だけして帰るつもりで出口に向かった彼に恭一が遠くから声をかけてきた。

「よー、津田。わざわざありがとう。ずいぶん久し振りじゃないか」

弾んだ足取りで近づいてきた恭一に俊介は軽く右手を上げる。そして二人は恭一の作品を図らずも並んで見る形になった。

「相変わらずなのか？」

恭一の質問に返事はせずに、俊介は首だけ捩じって彼を見る。

「相変わらずお前は売れない大作ばかりを描いているのか？」

恭一は前を見たまま今度ははっきりとそう続けた。すると俊介は恭一のほうに捩じっていた首をゆっくり戻すと声を出さずに小さく笑う。

「なあ、津田よ。お前はあんな売れない絵ばかり描いていてこれから先どうするんだ？」

すると声に出して笑い始めた俊介は目の前のバラの絵を顎でしゃくる。

「なあ、谷口よ。お前はこんな売れる絵ばかり描いてこれから先どうするつもりなんだ？」

勝ち誇ったように俊介を見ていた彼の端正な顔が一瞬にして怒りの表情に変わった。何かを言い返そうと口を僅かに開いた彼はその視線の先に誰かを見つけたのか声を張り上げる。

「おーい、ゆう」

憎悪の表情を一瞬にして笑顔に反転させた彼はその形の良い口元に冷ややかな笑いを薄く貼り付けたまま俊介に近づくと囁いた。

「丁度女房がいたので紹介しておくよ」

彼のその目は、組み敷いた獲物をなぶるライオンのように細く引かれた。

「由宇子、覚えているだろう。昔、渋谷の研究所で一緒だった津田俊介だよ」

近づいてきた臨月のその女性は、振り向いた俊介の顔を見ると大きく息を吸い込んだ。

「津田も覚えているだろう。渋谷のあの研究所でモデルとして来ていた葉山由宇子だよ」

ある日突然自分の前から姿を消したあの葉山由宇子がなぜここにいるのか俊介は理解できない。恭一は無言のまま見つめ合っている二人を見ながらいたぶるように言葉を続ける。

「驚いただろう？　結婚して七年になるかなぁ。もうじき三人目の子どもが生まれるんだ」

「お久しぶりです。お元気でしたか？」

由宇子はやっとそれだけの言葉を絞り出すと潤んできた目を伏せる。

「ええ、あなたも元気でしたか？」

俊介も目を伏せた由宇子を凝視したまま苦しげな声を出す。

「由宇子、ほら、あっちでお客さんが待っているからもう行っていいよ」

恭一はそう言いながらもその目は俊介の反応を観察している。

「驚いただろう？」

恭一はゆっくりとした足取りで遠ざかっていく由宇子に目を移すと小さく笑った。

「俺もまさかあいつと結婚するとは思っていなかったよ。あの当時、渋谷の研究所に来ていたモデルたちには、とかくいろいろ悪い噂が立っていただろう？　その中でも特に顔もスタイルも際立っていた由宇子は、男たちから面白おかしく噂されることが一番多かったよな。当時あの教室で毎日のように欲望を秘めた多くの男どもの視覚によって、無防備にポーズをとる由宇子は弄（もてあそ）ばれ続けていたんだと思うよ」

　そこで言葉を中断させた彼はそれ以上話すのを躊躇（ためら）う様子をわざとしてみせる。

「こんなことを言ってしまっていいのか…。実はな、いつだったか授業が終わってたまたま由宇子とエレベータで二人きりになったことがあったんだがその時一度俺とデートしませんかってからかってみたんだ。そしたらあいつはまんざらでもなさそうな顔をしているので図に乗った俺は場所と時間を言ったのさ。来るはずはないと思ったんだが念のためにその場所に行ったんだよ。そうしたら驚くじゃないか、時刻通りにその場所であいつは待っていたのさ。そしてまあ何だ、女房の悪口みたいになってしまうけれどさ、男関係が乱れているとの噂通りあいつはその日の内にもう俺に体を許したってわけさ」

　嘘だ！　俊介はその場から立ち去ろうと思いながらもなぜかそうすることが出来ない。

「あいつとは最初から遊びのつもりで、結婚する気はまったくなかったんだが二度三度とそういうことが重なるとなんだかあいつが可哀想になってきちゃってさ。あいつが男から男を渡り歩いて一生を終えるのかと思うと俺は柄にもなく優しい気持ちになってしまったんだ」

「……」

「でも俺がそばにいるようになってからはさ、あいつはすっかり真面目になって男遊びもまったくしなくなったな。そうなんだよ、あいつはきっと淋しかったんだよ」

キリキリと歯噛(はが)みする俊介を盗み見ながら彼は勝ち誇ったように声を出さずに笑った。

十年前、由宇子は恭一と約束した期限の一週間を気持ちの昂ぶったまま何処にも出掛けずアパートの部屋を隅から隅まで徹底的に掃除することで過ごした。

広島から上京して二年、つましい生活の中で由宇子がささやかな楽しみとして買い求めた食器類を彼女は今一枚一枚時間をかけてていねいに磨いていく。

晴天の窓辺に布団を干し、レモンイエローのカーテンも綺麗に洗い上げた。磨き上げた窓ガラスに丁度夕日が照り返したその時、柔らかい春風が開け放った窓から吹き込んでカーテンを優しく巻き上げた。

恭一と約束のその日、由宇子は待ち合わせのビギンに二十分も早く着いてしまった。一週間前、由宇子に指定されたその喫茶店で気もそぞろな恭一が座っていたその席にきょうは由宇子が座り、あの日の恭一のように彼女は不安げな瞳をドアが開くたびに投げかける。

約束の時間を違(たが)えることなくその日恭一はその店のドアを押した。

「津田のことは諦めた方がいいよ」

ウェイターがコーヒーを置いて去ると彼は由宇子の目を真っすぐ見つめそう断言する。見開いた彼女の目からは突如涙が滑り落ちたが溢れる涙を堰き止めるためか彼女は瞼をきつく閉じた。しかし涙は止められるはずもなくそれは瞼から頬にかけて次々と流れ落ちていくがそのような場面は当然恭一も想定していたことだ。必死に涙をこらえる彼女の僅かに上を向いた形の良い鼻の先だけが幾分ピンクに染まり、小鼻がぴくぴくと痙攣し彼女の息遣いが荒くなっている。

彼女から俊介の気持ちを確かめてほしいと言われた時、恭一は割り切れない感情に襲われた。研究所に通う全員の暗黙の了解《モデルには手を出さない》という約束事が俊介によっていとも簡単に反故にされ俊介と由宇子が男と女のただならぬ仲になっていたというのだ。

そしてそれ以上に彼が不愉快に思ったことは俊介に対する由宇子の思いのほうが、俊介の由宇子への思いよりもはるかに強いということを知った時だ。いや、そうではない。俊介に対する凄まじいまでの嫉妬は、このことが起こる遥か前からのことだ。それは研究所で初めて俊介に出会い、ほどなく彼の中にただならぬ才能を見た時でこいつは今に世界に羽ばたく画家になるだろうと思った時からの感情だ。その瞬間彼の心は自分でも制御できないほどの俊介への嫉妬にわななき、その目に見えない心の震えは今も続いている。

由宇子が俊介以外の男と愛し合うのなら多少の羨む気持ちはあったにせよ、まあ素直に祝うことは出来ただろう。そう、仮に俊介が皆と同じ程度の才能しか持ち合わせていなかったのならたぶん彼も二人の結婚を素直に祝福したかもしれない。しかしただならぬ才能を持ち合わせている上に由宇子というあの飛び切りの女まで彼が手に入れることなど到底許すことは出来ない。一晩考えているうちに、どうしたことか彼の中には由宇子に頼まれたことを俊介に伝える気などは微塵も無くなっていた。そうさ、男が一度結婚しないと言った以上それなりの理由があるはずだし、簡単にその言葉を翻(ひるがえ)すはずはないじゃないか。俺がいくら説得したってあいつの気持ちがどうなるものでもないともっともらしい理由をつけて。

しかしあいつがいくら信念のためとはいえ彼女を断ち切るのは断腸の思いだろう。しかし俺の説得いかんでは頑(かたく)ななあいつの気持ちも氷解するかもしれない。

「なあ、俊介よ。あれこれ考えないでとりあえず一緒に暮らしてみろよ。何かあったらその時はその時でまた考えてみる。生活なんか何とかなってしまうものさ。お互い好きな気持ちが一番、意地を張らずに一緒に暮らせよ。なあ、俺たちがついているじゃないか」

そう言って彼が俊介の肩をポンと一つ叩けば、すべては彼女の望む通りにうまくいくかも知れなかった。が、彼はそうはしなかった。

「津田はあなたとはやっていく気はないと言っていた。それに彼にはもう何年も付き合っている女性がいて、近々その人と結婚するらしいんだ」

「嘘だわ、そんなこと。酷い…」

「惨いことを言うようだけれど、あいつにとって目の前にいたあなたはちょっとしたつまみ食いに過ぎなかったんだと思うな」

「そんなの嘘よ。そんなことありえないわ」

ショックのためか彼女の体は小刻みに震え歯の根も合わないようになっている。

「分かったわ、直接あの人の口から聞いてみる」

「それで気が済むのならそうすれば良いが結局君が傷つくだけだと思うよ。彼の意思は固い し言葉のはしばしから君とはもう関わりたくないと考えているように俺には思えたんだ」

自分の身に起きたことが受け入れられずに身悶えしている目の前の女を組みしき彼は自分のものにしたいという欲望に突如かられた。この女だけは何としても俊介に渡したくない。俊介に渡さないためにはどんな姑息な手を使ってでも厭わないと恭一は考え始めている。

翌日、絵画研究所のモデル契約を取り消し所属する劇団にも長期の休団届けを出した由宇子はアパートに閉じこもりきりになった。研究所のモデルを突然やめ電話にも出なくなった由宇子にいったい何があったのか、それは俊介には寝耳に水の出来事だ。彼が由宇子の様子を見に五反田の彼女のアパートに行ったのは、由宇子が恭一と会った二日後のことだ。

早朝の雨模様の五反田駅前商店街を、唇を真一文字に結び意志の強そうな目を悲し気に歪めた俊介は急かされるように歩いていく。この商店街の一軒一軒をゆっくり覗きながら由宇子と二人で食材のこまごまとした買い物をするのが彼は好きだった。ペペロンチーノを作ろうと二人でこの商店街で買い物をしてからまだ十日も経っていない。この十日の間に彼女の心にいったいどのような変化があったというのか。

商店街が切れ住宅街に入るとそこは開店準備の商店街の喧騒が嘘のような静けさで、遠くで犬の遠吠えだけがかすかに聞こえている。いっそう足早になった彼が静まり返った道路から路地に曲がると目の前に由宇子の住んでいる八世帯用の二階建てのアパートが目に入る。彼女が住む二階の角部屋を見上げた俊介の目にその時人影が素早く動いたのが見てとれた。外階段を駆け上がり廊下を走って彼女の部屋のドアの前に立った彼は息を整えながらチャイムを押してみる。だが中からは何の応答もない。仕方なく彼はたて続けにチャイムを押しそしてドアを力いっぱい叩き始めた。

「由宇子、いるんだろ。いったいどうしたんだよ」

彼はドアに右耳を押し付けると中の様子を窺ってみる。

「何があったんだよ。なあ、頼むから開けてくれよ」

奥の部屋の壁に体を押し付け固く膝を抱え込んでいた由宇子は、俊介の怒鳴り声が始まるといっそう体を丸め両手で耳を塞いだ。

「由宇子、君が中にいるのは分かっているんだよ。なあ、頼むから出てきてくれよ」

中からは何の物音もしないが、彼には彼女が怯えた様子で息を潜めているのが手に取るように分かる。彼はなぜ彼女が急にモデルの仕事を止め、自分を避けるようになったのかがまったく分からない。きっと何か誤解があるはずだ、とにかく話をしなければ始まらないとばかりに彼はドアを叩き続ける。

由宇子に思いを残しながらその日彼は部屋を後にしたものの、彼女の部屋が見える位置に佇んだ彼は雨に濡れるままに暫くその部屋を見上げていた。納得できない思いのまま家路についたが、帰る途中何カ所かの電話ボックスで電話を掛けてみたもののやはり彼女の出る気配はない。明日また来てみよう、明日がだめなら明後日もと彼は思う。

気が付くとドアを叩く音も俊介の声もいつの間にか止んで辺りにはいつもの静けさが戻っている。耳に強く押し付けていた両手を外すと彼女は肩で大きく息をした。膝を抱えたまま窓に目をやると、勢いを増した雨が斜めに窓ガラスを叩きその音に交じって切なげな犬の遠吠えが切れ切れに聞こえてくる。バックから一枚の紙を取り出した彼女は壁に体をもたせたままそれを見つめため息をついた。顔を上げた彼女は雨の打ちつける窓を見ながら暫く何かを考えていたが再度視線を紙に戻すと絶望的なため息をもう一度つく。その紙には恭一の住むマンションの電話番号が書かれている。それは十日前、何かの都合で由宇子が恭一との約束の場所に来られなくなった時のためにと彼が教えてくれたものだ。

　張り詰めたその顔を思い切りよく上げた彼女は迷うことなく電話機を取り上げた。俊介がまだ外にいてこの部屋の様子を窺っているかもしれないと思いながらも、彼女は用心深くダイヤルを回し始めた。

　五回目のコールで電話口に出た恭一はまだ目覚めていないようなくぐもった声を出す。

「朝早くからごめんなさい。あのぉ、葉山由宇子ですが…」

　受話器を両手で覆（おお）いトーンを落とした彼女の声は、彼の鼓膜（こまく）に愛語の錯覚を起こさせる。

「ごめんなさい。まだ寝ていたんですよね」

　電話の向こうで彼が慌てて起き上がった気配がする。

「いや、もうそろそろ起きようかと思っていたから気にしないで」

「実は、お願いがあるのですが…」

　由宇子が自分の手助けを必要としている、恭一の心臓が思わず跳ね上がった。大至急引っ越しをしたいと思っているのですが心当たりはないかしらと彼女は一気に続けた。

「ええ、なるべく早くに。きょうでも明日でも構いません」

　彼は由宇子の切羽詰まった声を聞きながら湧き上がる自分の気持ちを必死に抑える。

「分かった。なんとかします。ただし引っ越し場所や家賃がどのようになるかはまったく分からないので僕に任せてもらえますね？」

恭一は興奮で上ずりそうになる声を抑えながら、彼女のアパートの位置や荷物の種類や数などを確認する。

恭一には由宇子を入居させるためのアパートの心当たりが一つあった。彼はいま渋谷のこぎれいなマンションに住んでいるのだが、それまでは東横線沿線・祐天寺にある実家が経営するアパートに入居していたのだ。それは新婚夫婦か子どものいない夫婦用の十坪ほどの狭いものなので入居者は一年か二年で頻繁に入れ替わり、十四ある部屋の二室くらいは常時空室になっているのでたぶん今もそのアパートの何室かは確実に空いているはずだった。

俊介には由宇子の突然の心変わりがどう考えてみても納得出来ない。ほんの十日前は、極上のあの笑顔をオレに見せてくれていたじゃないかと彼は考える。この十日で彼女の心に何らかの変化があり、そのせいでオレを避けているのだとしたらそれはどういうことなんだ。何か彼女の心を鷲掴(わしづか)みにする出来事、考えたくはないが仮にそのような男に出会ってオレとのことが色褪せ、それが原因で心変わりをしたとしたら仕方がない。それはとてもつらいことだがきちんと受け止めなければならないだろう。だから頼むよ、オレが納得できるように説明してくれよ。それは立ち直れないほどの衝撃かもしれないが黙ってどこかへ行かれるよりはどれほどましなことか。とにかくオレをなぜ避けるのか、真相を確かめそして納得しなければオレは一歩も前へ進むことは出来ないよ。

　定職に就くと時間が制約され制作に身が入らないという理由で彼は定職というものに就いたことがなかったが、彼は今回のことで定職に就いていなかったことをつくづく良かったと思っている。昨日は早朝の野菜市場の仕事を急遽（きゅうきょ）休めたのもアルバイトだからこそ出来たことだしこれから当分由宇子のことで不規則な事柄が起こったとしても何とか対処できるだろう。その日も彼はアルバイトを休み彼女のアパートに行くつもりにしていたが、彼女がきょうもドアを開けない可能性は大きい。その日朝一番で彼女の所に行く予定だった彼がその日もいつも通りに午前三時に野菜市場に行き九時まで働いたのは、朝一番に彼女のアパートに行くより、午後のほうが彼女の気持ちも開放的になりふと出てきてくれる可能性が大だと考えたからだ。青果市場から戻った彼は食事をする気にもなれず今取り掛かっている大作の前に立ってみたものの、制作に集中しようとする気持ちはいつの間にか由宇子への熱い思いにとって代わり彼の心は乱れるばかりだ。

　結局彼は絵を描くことは諦めてぼんやり時間をやり過ごしていたが、十二時を回ると由宇子のアパートに行くつもりで北千住の下宿先を後にした。午後の買い物客でにぎわう五反田の商店街を彼が陰鬱な思いで歩いていると馴染みの八百屋の主人が声をかけてきた。

「お兄さん、きょうはキノコがいろいろ入っているよ。ベーコンと一緒にシイタケとしめじを入れたパスタなんかどうだね？」

パスタが好きな彼女のためにその店でどれほど買い物をしたことか。楽しそうな二人を見て八百屋の主人はいつも二人をからかうがその日はその相棒が傍らにいない。

「あれっ？　きょうは彼女一緒じゃないの？」

「うん、ちょっと」

「なーんだ、ダメだよお兄さん。あんな可愛い子なかなかいないよ。大事にしなきゃぁ」

主人は俊介の肩を軽く叩くとはしりの桃を一つ取り俊介の手に乗せる。

「早く仲直りして、また一緒に買いに来てよ」

俊介は艶やかな桃を見つめたまま静かに頭を下げた。

大通りから路地に入った俊介は歩みを止め目の前に聳えるアパートの二階を見上げる。彼女の部屋を暫く見ていた彼は悪い想像を吹き払うように首を振った。錆びの出た鉄の外階段を上り一番奥の彼女の部屋の前に立った彼は静かにチャイムを押してみる。彼の耳に部屋の中でチャイムの音がかすかにしているのが聞こえたが昨日と同様にやはり中からは何の応答もない。空しく響くだけのその連続音を聞いていた彼の心に突如悲しみが突き上げてくる。

「由宇子、頼むから開けてくれよ」

少しよろめいた彼はとっさにドアに左手をつき体を支える。そのはずみで今までこらえにこらえていたものが一挙に崩れ去り彼はそのままの姿勢で全身を大きく震わせ始めた。

「何でなんだ…何でなんだよぉ」

そう呟きながら彼はスローモーションのように拳でドアを叩くが、その時ドアの右上の表札がなくなっているのに気が付いた。そういえば玄関横の小窓に掛かっていたレースのカーテンも取り外されているようだ。

引っ越した？　眩暈(めまい)を感じた彼は全体重をドアに預ける。両足を踏ん張り彼はかろうじて体のバランスを保っていたが、彼の踏ん張っていた両足は急に萎えたようになりドアにもたれかかっていた体はずるずると通路に頽(くずお)れてしまった。

（そうかよ、そうかよ、そんなにオレのそばにいるのが嫌なら何処へでも行くがいい）

通路にへたり込んだままどれくらいの時間が経ったのだろう。通路から見える家々の影がすでに日が傾いた印の長い影になっている。小学生たちのけたたましい声で我に返った彼は暫く自分の意識が空白なっていたことを知った。

立ち上がった彼は足元に転がっている桃に気づき拾い上げてみたものの、それは落とした衝撃で無残に潰れ彼の指に甘い香りを放ちながら纏(まと)わりついてくる。両手で桃の崩れていない部分を二、三度こすると彼は静かに歯に当ててみる。喉の奥から上がってくる苦い液体を桃と一緒に飲みこむと、初夏の香りがゆっくりと彼の口中に広がっていった。

三十五歳になった津田俊介もまた谷口恭一とは違った方法で、地道にだが確実に制作を続けている。定期的に開催している俊介の個展も今回で九回を重ね、彼の仕事の充実ぶりは評論家の間ではすでに一目置かれるものになっている。

六月の第一週目から始まった彼の個展会場にその初老の男が来るのはきょうで四回目だ。二回目にその男が会場にやって来た時俊介は素直に嬉しかった。作家にとって絵を見に来てくれるのが一回だけの観客は作家との関係が義理の場合も多分にあり、ただ単にありがとうございますという程度のことが多い。しかし二回も見に来てくれるということは、少なくとも作品がその観客に何らかの衝撃を与えたということで、アーチストにとってそれは作家冥利に尽きるというものでもある。だから二回目に個展会場に来たその男が前日も来た男だと分かった時、彼が素直に嬉しい気持ちになったのは作家としては至極当たり前のことだ。そして三回目にまたその男が来た時には彼は自分の才能に歓喜したがしかしそれが四度目ともなると彼はこの男はいったい何者なのだろうと思うようになり、自分の大切な領域を土足で踏み込まれるような不愉快な気持ちが湧き上がってきた。

月曜日の初日から連続して四日間も会場にやって来たその男の執拗ともいえる鑑賞の仕方はどう見ても素人とは思えない。確かに自分の鑑識眼に絶対の自信を持っているようなその男は、見方によったら作家を無視しているようにも思える。

「作品を譲ってほしいのですが」

その男の手足が通常の人より長く蜘蛛のように思えるのはその男が異様に痩せているせいなのだろうか、客足が途絶えた時を見計らってその蜘蛛男は彼に声をかけてきた。

（なーんだ、そういうことだったのか。十分に納得して買いたかったのでこの男はこんなに何度も会場に足を運んだって訳か。ん？　しかしこの会場のどの作品を買うというのだ？）

大きな作品しか並んでいない会場を俊介は見回す。

「どの作品もすばらしいので四日も通い詰めてしまいましたよ。会場のすべてを私のコレクションにしたいのですが、今回私がほしいのは小さいものでそれも一点や二点ではなく…」

「小さいものってどれくらいのものですか？」

その時男の口元にそれこそ見逃してしまうくらいの冷笑が浮かんだのを俊介は見逃さなかった。蜘蛛男がこれくらいと無邪気に両手を肩幅に広げて見せるのに俊介の顔が引きつる。

「あなたはここにある作品をご覧になって買いたいという気持ちになったのに私の小さな作品、それも何点もほしいとおっしゃるのが私には理解できないのですが」

「いや、これほどの仕事ができる方なら小品でもきっと密度の濃いものを制作するに違いないと思ったからお願いしているのです。私の家がもう少し広ければこの中から選ばせていただくのですがそれが出来ないのでせめて頻繁に掛け替えて楽しもうと思ったわけです」

「と言われても、小品はもう長いこと描いてないので私の手元には何もないのですよ」

「いや、いいんですよ。ゆっくり描いて下さればば。待たされる楽しみもありますからね」

そして男は彼に顔を近づけると一千万円でどうでしょうと囁く。

「百点で一千万、いやいや、百点で二千万だったらどうでしょう。ねぇ、津田先生、決して悪い話じゃないと思いますがね」

その時俊介が眉を顰(ひそ)めたのは顔を近づけてきたその男の口臭のせいばかりではなかった。

「なるべく分かりやすい絵を、そう、できればバラや富士山の絵がいいですね。しかしそればかりだと飽きてしまうので人物でも風景でも、それは先生が適当に見繕って、ネッ！」

その男は大金を支払うのだから画家は依頼主の言うことを聞くのは当然だといわんばかりに俊介を舐めまわすように見つめる。が、俊介の我慢もそこまでだった。

「何を言っているんだ、たかだが二千万円でオレのプライドまで根こそぎ買い取ろうっていう魂胆(こんたん)か？　目の前のオレの作品を見ていながらオレに向かってバラや富士山の小品を描けなどと良くも言えたものだよ。そんな気はまったくないから悪いけれど引き取ってくれ！」

俊介の怒声に画廊の女性従業員が驚いた様子で事務所から顔を覗かせる。丁度その時俊介の知り合いが画廊に入ってきたのでそれを契機に男との話はそこで終わりになった。それからはまた徐々に客が増え始め、彼が気付いた時には蜘蛛男は姿を消していた。

最終日、客を見送るために画廊の入口を出た彼は、ドア越しに由宇子がひっそりと立っているのを見たが彼が彼女と会うのは一昨年下田屋デパートでの谷口の個展以来だ。

「やあ、いらして下さったんですか？　あれっ、谷口は？」

彼は由宇子の後ろをすき見する。

「いえ、きょうは谷口の代理なんです。きょうこちらにうかがう予定にしていたらしいのですが急に大阪に用事が出来てしまったとかで急遽私に行って来てくれと…」

「そうですか、それは残念だなあ」

しかし残念だなあと言いながら彼の顔は少しも落胆しているようには見えない。彼はガラスドアを押さえると由宇子を画廊の中に招き入れた。

「いや、彼は売れっ子だから…。あっ、そうそう。お子さんは無事に生まれたんですか？」

「えっ？　はい。男の子でもうすぐ二歳になります。きょうは谷口の母に預けてきました」

一昨年の谷口の個展会場で会った時、自分がかなり目立ったお腹をしていたことを思い出した由宇子はちょっとはにかんだ笑顔になる。

「それはおめでとうございます。もうすぐ二歳というと可愛い盛りでしょう？」

「ええ、じっとしていないので後を追いかけるのが大変。三人も子どもがいると時々一人になりたいと思うこともありますけどね」

そう言うと彼女は俊介が好きだったあの飛び切りの笑顔を見せる。

由宇子が自分の前から姿を消してしまったあのつらい日々が今彼の心に鮮明に蘇ってくるが彼は喉元まで込み上げてくる苦い塊を無理に飲み下す。

「津田さんのところは？　お子さんは何人ですか？」

由宇子は母の顔になって柔らかくほほ笑む。

「いや、僕はずっと一人だから…」

由宇子の飛び切りの笑顔が一瞬にして消えた。

「あの方とは結婚しなかったのですか？」

「あの方？」

「ええ、津田には好きな人がいて近々その人と結婚することが決まっているんだと、十二年前私は谷口から聞きました」

「えっ？」

「あの時あなたの気持ちが分からなくなった私は、あなたの気持ちを確かめてほしいって谷口に頼んだのです」

「僕の気持ちを聞いてほしいって？　谷口に？」

おうむ返しに尋ねる彼の口元が歪んでいる。

「ええ、そしたら私とのことを津田はただの遊びだと言っていた、だからもう津田のことを思うのはきっぱり諦めた方がいいって。そうよ、確かに谷口はそう言ったのよ」

動顛したのか思わず由宇子の声が高くなった。

「あれからの数年は本当に地獄だったわ。死んだらどんなに楽だろうかって何度思ったことか。睡眠薬を飲んだこともあった。手首を切ったことも…でも死ねなかった」

「オレと谷口はあなたのことを話したことなんか一度もないよ」

「そんな…」

「あゝ、そうか、そうだったのか。谷口が言ったでまかせをあなたは本気にしてしまったのか。だからあの時あなたは突然モデルをやめて、あのアパートを引き払ってオレの前から姿を消してしまったんだ。そうか、そういうことだったのか」

唇を噛んだ彼は下を向いた。

「谷口になんか頼まずに直接私があなたに聞けば良かったのよ。谷口を信じたばかりに私は取り返しのつかない愚かなことをしてしまった」

声を震わせた由宇子は思わず両手で顔を覆った。

「でもああするより仕方なかった。私とは遊びだと聞かされたのにその後も平気で顔を合わせることなんか出来なかった。あなたを恨んだわ…憎いと思ったわ、殺したいと思ったわ」

「オレがあの時自分の気持ちをきちんと言っていれば…」

由宇子は込み上げてくるものを堪えて下を向いた。丁度その時五、六人の客が会場に入ってきたので二人の話は中断した。最終日のその日は閉廊時間が二時間早い五時になっているので四時近くになってからの大勢の駆け込みの客の応対に俊介は追われることになった。そして潮が引くように人々が去るとまた画廊の中は俊介と由宇子の二人だけになった。

「きょうここに来て本当に良かった。あの当時私にはそれが何だかはっきりとは分からなかったけれどとんでもない才能をあなたの中に見ていたのね。そう、それがこれだったのね」

由宇子はもう一度その場でターンをすると反対の壁の作品に目をやる。

「女優としてはまったく才能がなかった私だったけれど、絵の良し悪しを見抜く力はあるとあの当時から私は自負していたけれどまったくその通りだった。そうよ。アーチストだったらこういう仕事をしたいはずだししなければいけないのよ」

由宇子がしきりに頷くのを彼は嬉しい思いで見ている。と、彼女は何かを思い出したように緊張で上気した顔を彼のほうに向ける。

「やせ形の初老の男が何回もここに来なかった？」

彼は由宇子の唐突な問いかけにちょっと驚いた様子を見せる。

「やせ形？　初老？　もしかしたらあの男かなあ…」

小さな作品を、それもよりによってバラや富士山の絵を百点描くようにと都合四回会場にやって来た不愉快極まりないあの蜘蛛男のことを彼は思い出す。

「たぶん小さい作品を百点から二百点描いてくれって言ったと思うけど」

「あ、、その男だったら四日間続けてやって来たけれど、えっ、なに？　知り合いなの？」

彼はあの時のざらっとした不愉快な感触を思い出し思わず眉を顰（ひそ）める。

「あ、、やはりあなたのことだったんだわ」

彼女は一点を見つめたまま何度も頷くと虚空に目を彷徨わせたまま続ける。

「二週間ほど前だったかしら…」

二週間前の午後、出入りの画商がいつものように谷口の出来上がった作品を受け取りにやって来たのだが、その時やせた初老の男を同行していた。そしてアトリエにお茶を運んできた由宇子に恭一は声をかけるまでは絶対ここには来ないようにと言ったがそのうち画商だけが帰っていった。あとに残った初老の男はその後も谷口とアトリエに籠り何時間も話を続けていたのだが、彼女は来客にはいつもそうしているように夕方になったので寿司の出前を取りそれにサラダと吸い物をつけてアトリエに運んで行った。その時完全に締め切っていないアトリエのドアの向こうからトーンを落とした谷口の声が聞こえてきた。

「だからさ、何度も言うように作品は多ければ多いほどいいんだよ。バラや富士山を描かせるのが一番いいのだが、まあ、あいつが譲歩できる範囲でいいからできるだけ具象を描かせるんだ。五十点より百点、百点より二百点。そうさ、小品ばかりをとにかく描かせるんだ。百点で一千万円、いや場合によっては倍の値段にしても良いからな。今まで手にしたこともない大金を手にしたあいつは絵で金を稼ぐ面白さに目覚めて、常日頃言っている小賢しいことなど金輪際言えなくなるはずなんだ」

男の相槌を打つような不透明な小さな声が聞こえる。

「あいつがいくら偉そうなことを言っていても、金の前には誰でもがひれ伏すものさ」

谷口と男の笑い声が重なり合った。聞いてはいけない二人の話を聞いてしまった彼女は慌ててキッチンに戻ると、吸い物を温め直しアトリエに内線電話をかけた。

それからは毎日夕方になるとその男から谷口に電話がかかってくるようになった。男からの電話を谷口は必ずアトリエに切り替えていたが、二日前にその男から掛かった電話に谷口が激昂したのを最後に、男から電話が掛かってくることは無くなった。

「その時、小さな作品を百点、二百点描かせるといったって、いったい誰に描かせるのかしらと思っていたのね。でもきょうここに来てあなたの作品を見せていただいて、あれは実はあなたのことだったのではないかしらとふと思ったの」

　由宇子は俊介が黙ったままなのを意に介するでもなく、もう一度その場でゆっくりターンをする。そして会場のすべての作品をもう一度眺めてしきりに頷く。

「谷口はあなたがこういう仕事をしているのがきっと許せなかったのだと思う」

「……」

「谷口もきっとこういう仕事がしたかったのだと思うの。でも思っているだけで結局は何も出来なかったのよね」

「……」

「国内の賞という賞はすべて手にして人からは先生、先生と煽(おだ)てられても、虚しさは谷口の中でずっとつきまとっていたのでしょうね。家族のために自分の望む方向を修正してしまった自分に引きかえ、思い通りの作品作りをしているあなたが妬ましかったのかもしれない。そして谷口は思い通りの絵を描くことを断念する原因となった私のこともきっと憎んでいるに違いないのだわ」

　俊介は哀しそうな目をして由宇子を見つめる。

「きょうここへあなたを来させたのも谷口は意図的にしたのだと思う」

確かに今朝食事をしながらの谷口の声は気持ち悪いほど優しかったと由宇子は思い返す。

「大阪に急用が出来たという谷口の話もたぶん嘘だと思う」

「えゝ」

「きょうここにあなたが来て昔話になった時、昔あなたが谷口に頼んだことを彼が勝手に握りつぶしたのを我々が知ることになる。しかしそれもこれもすべて彼の計画の内だと思う」

「えゝ」

「オレたちの間にまた昔のような感情が戻ることが彼の狙いだとしたら…、そうなることを前提にすでに彼は次の策を考えているはずだ」

「ええ、たぶんそうでしょうね」

「由宇子さん、あなたはもう帰った方がいい。そしてオレたちはお互いのことをもう二度と考えないようにするんだ」

「……」

「オレは失うものなど何もないから何があっても怖くはないが、あなたはどんなことがあっても三人のお子さんたちを大切に守っていかなければいけない」

「そうね。えゝ、そうだったわ」

彼が由宇子の前に右手を差し出すと、縋（すが）るように彼女はその手を両手で包み込んだ。しかし彼のその手はもう昔のような頼りなさではなく、逞しく荒々しくそして温かかった。

その時、由宇子の手に包まれた彼の手から彼女の体内に流れ込んできたのは紛れもない彼のソウル（魂）だったかもしれない。彼の手を強く抱え込んだまま、彼女のふっくりと形の良い唇は頑是(がんぜ)ない子どもが泣き出す時のように真一文字に引かれた。


銀座の画廊での個展開催から三カ月が経っていた。

けたたましいほどの蝉の声が降り注ぐ午後、絵具が飛び散りニスも剥げ落ちささくれだった床に胡坐(あぐら)をかき、スケッチブックに次の作品のエスキースをする俊介の額からは汗が噴き出している。

築五十年以上は経つその老朽化したアパートに彼が住み始めてすでに十五、六年という歳月が流れているが、北千住から歩いて十分ほどの閑静な住宅街にある変形したアパートは、外観を見た限りではいわゆるアパートという様相はしていない。というのもその建物はさる大物政治家が長年居住していた建物で、彼がドイツへの外交官時代を終え日本に帰国したときに建てたという三階建ての洋館で、その外交官がある事情で手放すことになったのを今の大家が買い取りアパート風に改装したものだという。そのため建物の内部はいわゆるアパートにありがちな機能重視のものではなく、びっくり箱のような楽しい間取りになっている。

両開きの玄関の扉を押すとそこには一段高くなった吹き抜けの大ホールが広がり、そのホールの右側に螺旋階段が三階にまで続いている。今は二階と三階は使われてはいないが、二階には五部屋、三階には三部屋があり、かつてこの洋館には多くの財界人や著名人が出入りして活気に溢れていたのだという。一階ホールの左右には木の廊下が長く伸びその木の廊下を歩いていくと、廊下に並んだドアの向こうには大小それぞれの広さも形も違った部屋が八室あり、建物全部合わせると合計十六もの部屋があった。

　しかし築五十年以上経った建物は老朽化も激しく建て替えた方が良いだろうということになり、できるだけ早い時期に部屋を明け渡してほしいという話が大家から持ち上がったのは二年前のことだ。老朽化しているからいずれそういう話もと覚悟をしていた入居者たちは意外にあっさりとその申し出を受け入れ、ひと月が経ちふた月が経つうちに入居者は徐々に減っていき、俊介が入居者の最後の一人になったのは建て直しの話があってから四カ月が経っていた時だ。しかしその建て直しの話は、銀行との折衝でこじれが生じ突如中止になってしまい早急に壊す必要もなくなった建物はしばらくそのままにしておくことになったのだがその時大家から俊介にある提案が持ちかけられたのだ。

「工事が決まるまでここに誰も住まなくなるというのも不用心だし、もし次のアパートがまだ決まっていないのだったらもうしばらくここに居てもらえないかしら」

「本当ですか？」

「その代わりと言ってはなんですが、部屋は何部屋でもどのようにでも使って下さっていいですよ」

「えっ？　家賃は同じで何部屋使ってもいいんですか？」

「ええ、ただし火の元にだけは気をつけてくださいね」

彼はそのアパートに建て替えが決まるまでの間住み続けるという約束と引き換えに、今まで住んでいた一階の角部屋以外にあと二部屋を使わせてもらうことにした。今までの部屋は絵を描くためだけのアトリエにし、そしてその隣の二号室を寝室そしてさらに隣の三号室は作品の保管部屋に使わせてもらうことにした。この広いアパートに彼がたった一人で住むようになってすでに一年半が経っていたが、いつまでこの贅沢な空間を所有できるのかの保証は何もない。

建て直しが決まったのでどこか別の所を探してくれと大家に言われたらその時はその時でまた考えよう。それまではこの与えられ広い空間で納得のいく仕事を思いっきりさせてもらおうと彼は開き直っている。

（それにしてもこの国の芸術への取り組みはホントにお粗末だよな）

スケッチブックに力任せに押し付けられて往復する黒のパステルが彼の手の中でみるみる

小さくなっていく。才能ある多くの先人たちが野垂れ死に同然で消えていったように自分もこの国にいたのでは救われる道はないと彼は最近とみにそう思うことが多くなっている。

（オレがこの国でこれ以上作品を作り続けたとしても、この作品がこの先いったいどうなるっていうんだよ。いずれは全部ゴミになるだけじゃないか）

俊介は体を捩じると、床いっぱいに広げてある描きかけの作品を自嘲気味に見やった。

（それもただでは回収すらしてくれない、大層な金を払ってやっと持っていってもらえるたちの悪い粗大ごみときたもんだ）

スケッチブックのエスキースは真っ黒な太陽になっている。Ｔシャツの袖を肩までたくし上げ彼は汗ばんだ顔をそこに押し付けため息をつく。

今回も個展が終わった後、彼の作品そして制作姿勢を理解してくれる美術評論家が美術雑誌に相当のページを割いて好意的な批評を書いてくれた。そして彼の作品に惚れ込んでいるという業界新聞の編集委員が無料で破格の扱いの記事にもしてくれた。しかし所詮はただそれだけのことでいくら彼が声を大にして美術界の現実を叫んだとしてもその声に耳を傾けてくれる人はほんの僅かでしかない。

「こんな偏狭な日本にいるより、いま最も芸術が息づいているドイツへいっそのこと行ってしまおうか」

彼の気持ちは時としてドイツに飛んでいく。

(そうさ、どこにいようとオレはアートに何らかの形で関わってさえいられれば、生きていかれるのだからさ。そう、今だからこそ、オレはこんな日本にいるよりも、アートが熱く燃えているドイツに行くべきかもしれない)

というのも俊介の今回の個展会場に一人でふらっと入って来たドイツの画家ノーマン・グロスと知り合いなぜか妙に馬があって今ではかけがえのない友人になってしまったことも関係があるかもしれない。ノーマンはドイツの美術の現状を語り、彼自身のドイツでの活動状況も教えてくれる。そして俊介がドイツで絵描きとしてやっていく場合の問題点を指摘しそれを解決するアドバイスもしてくれる。

「俊介、君がこれからの活動拠点をドイツに移すというのなら僕は協力をするよ」

ノーマンの力強いその言葉も俊介のドイツ行の気持ちを後押しする。

(そうしようかな、向こうには赤沢もいることだしな)

首筋の汗を手の甲で拭いとると彼は静かに目を閉じてみる。あちらで土産物店をやっている赤沢健がいるということも俊介の渡独の気持ちをいっそう後押ししていた。彼の意思の強さを表している形の良い眉毛が解決の糸口を見出そうと強く絞られる。

その年の暑さは尋常ではなかった。じっとしていても背中をとめどなく汗が流れていく。

（ただでさえおかしいオレの頭は恥知らずなこの暑さでますます変になりそうだ）

考えるのはもうやめたと言わんばかりに彼が勢いよく立ち上がったのはその日新宿の画材屋にどうしても画材を買いに行く必要があったためだ。

九月初旬の日没前、太陽は依然としてアスファルトに照りつけ、苛立った俊介の気持ちを容赦なく締め上げる。自虐的な気持ちの彼はあえてじりじりと照り付ける日向ばかりを選びながらも新宿通りにある有名画材屋に向かっているのは、通信販売で十日前に大量に注文していた画材がきょうになってもまだ届かなかったためで、きょう中に何としてもテレピンとアイボリーブラックの絵具だけは手に入れる必要があったためだ。

（結局オレはオレの信じるところを突き進むしかないんだ）

ビン入りのテレピンと三本のアイボリーブラックを買って店内をぶらぶらしているうちにささくれだった自分の気持ちとどうにか彼は折り合いをつけることが出来ていた。

こんな日には、ちょっと奮発して何か旨い物でも食べようと好きなものを次々と頭に浮かべながら彼はエレベータで一階まで下り出口に向かった。ガラス戸一枚隔てた新宿通りは依然としてまだ灼熱の通りに違いないと思いながら扉を開けた彼はその眩しさに思わず目を細め頭上に手をかざした。そしてそのまま大通りに足を一歩踏み出したその時、彼に向かって大きな塊がとんでもない勢いでぶつかってきた。その衝撃で彼の持っていたビニール袋が大きく空を舞い車道まで飛んでいった。強く叩きつけられた袋の中のビンは鈍い音を立ててゆっくりと転がり、袋から流れ出たテレピンは強い刺激臭を放ちながら残熱のアスファルトに瞬く間に吸い込まれていった。

「アー、ゴメンナサイ。どうしよう…」

若い女の取り乱した声が涙声に変わっていく。

「いや、大丈夫だから…」確かに彼は割れたビンで怪我をした訳でもなかったしテレピンで洋服を汚された訳でもなかった。彼が絵具とビンの破片の入ったビニール袋を拾い上げると女は慌ててそれを彼から奪い取った。そして涙声の女は筋向いの洒落たカフェを指さす。

「今同じものを買ってきますので、あそこのお店で待っていて下さい」

女は彼が返事をする前にもう店の扉を押し、そして二十分後、息を弾ませカフェに来た女は大きな紙袋を彼の前に押し出した。

「ごめんなさい、お待たせして。これ…」

「いや、絵具はチューブから飛び出している訳じゃなかったから十分使えたのに」

かなり重たくなったビニール袋を覗き込むとすべてが倍の数になって入っている。まだ少女といっても良いくらいのあどけない顔をした女は直立不動の姿勢を崩さなかったが弁償品を俊介に渡したという安堵感からか精いっぱい微笑んで見せる。後頭部の真ん中で一つに束ねた髪形はキュートなその若い女によく似合いざっくりと羽織った白いシャツにベージュのパンツというシンプルなスタイルも俊介には何とも好ましいものに思えた。

「かえって悪かったね。じゃあご厚意に甘えるね。ありがとう」

彼は目の前の椅子を指さすと君も座ってと女に笑いかける。

すると腰を下ろした女は二重の大きな目を彼に当てながら手を打った。

「私の思い違いでなければ、私たち最近会っているのですが覚えていませんか？」

彼の記憶のどこを探しても、最近このような魅力的な若い女と会った記憶はない。

「ぶつかった時にどこかで会ったような気がしていて、買い物をしながらずっと考えていたんです。でも思い出しました」

若い女の艶やかな下唇が感情の変化のままに膨らんだり尖ったりと動くのに見とれたまま彼は女の若さを妬ましく思う。

「津田先生。ねっ？　津田俊介先生でしょ？」

「えっ？　どうしてオレのことを」

「わあ、やっぱりそうだったんだ！　本当にこんな偶然ってあるのですね」

胸の前で指を交差させた女は、嬉しそうに頭を大きく振りながら説明を始める。

今年六月、銀座で開催されていた俊介の個展をネットで偶然知りどうしても実物を見たくなり個展会場に出掛けたのだと言う。最終日のその日は会場が閉まるのも通常より早いということでとるものもとりあえず出掛けたのだが、実物を目の当たりにしてその迫力に体が震えるような衝撃を受け、俊介が会場で制作のプロセスや絵画に対する考え方を誰かと話しているのを聞くともなしに聞いていて作品を作り出すのがどんなに大変なことかが良く理解できたし、そういう考えを持って絵に取り組んでいる津田俊介という画家を尊敬する気持ちになったのだと言う。

「あの時先生に声を掛けようかと迷ったのですけど、私のような素人の小娘が偉い先生にそんなことを言うのもおこがましいと思って何も言わずに帰って来てしまいました」

恥ずかしそうに微笑むと女は掬(すく)い上げるように彼を見つめる。

「でも良かった。きょうここに絵具を買いに来る気になって、尊敬する先生にこうして会うことが出来たのですもの」

そして彼女はさらに続ける。初めて画廊で先生を見かけてからきょうここで先生に再会するまでの三カ月間自分はずっと一つのことを考え続けてきた。人の心を揺り動かすこと、自分がこれからしたいこと、自分がしなければいけないこと…それはいったい何だろうと。そしてあの感動を与えてくれた先生のようになりたいが、それはとても叶うはずはない。だとしたら少しでも先生に近づくために私も絵を基礎から始めてみようと思い立って、きょうあの画材屋に基本的な絵具セットを買いに来たのだとその若い女は続ける。画材屋に電話すると閉店時間が六時だというので新宿駅から走り続けて店に入ろうとしたとき、出合い頭に先生にぶつかってしまったのだとその女は微笑んだ。

「ねっ、見てください、初歩的なセットをさっきお店の人に揃えてもらったんです」

彼女が紙袋の口を開け俊介に見せるとそこには真新しい絵の具セット一式が入っている。

「三カ月ずっと考え続けて、絵具を買いに行こうと思い立って出かけてきた日が、昨日でもなく明日でもなくきょうだったというのも何という偶然かしら。きょうはそんな特別な日なんですもの。私が興奮するのも当然でしょ？」

女は上気した顔を傾げて俊介の同意を求める。彼は女の興奮した様子に気圧されながらも素直に嬉しそうな微笑みを浮かべる。

緊張がほぐれてきたのか女はおてんば娘のような笑顔で小さな右手を上げる。

「はい、先生。ワタクシ、お願いがあります」

「その先生っていうのはやめてよ。オレは高名な作家ではないし絵が売れているわけでもないただのしがない貧乏絵描きなんだからさ」

女は彼が不愉快そうに口を歪めるのを見て小さく頷くと言い直した。

「では改めて厚かましいお願いですが、ぶつかったお詫びときょう先生…いえ、出会うことが出来て、私の今の思いを聞いてもらえたお礼に食事をご馳走させてほしいのです」

俊介も何となく落ち込んでいたその日は何か特別においしい物でも食べるつもりでいたところだったので、この可愛い女性がその食事に同席してくれればきょう一日の滅入っていた気持ちも少しは和らぐかもしれないと思い、支払いは自分にさせてくれるならと彼はその申し出を快く受け入れた

三十五歳で独身、人並みに健康にも恵まれた俊介にこれまで幾人かの女友達がいたのは至極当然のことだ。一緒に暮らしたいと思う女性がいたこともあったが彼女たちは全員が自立した女性だったので、俊介の夢を理解してくれ進んで粋な関係を保ち続けてくれてきた。

（結局オレは誰とも結婚せずに芸術という魔物に弄（もてあそ）ばれたままで一生を終えていくのだろうな。自分のことで精一杯！　人のことを思いやることなどこれっぽっちも出来ない不甲斐ないオレには結局のところ野垂れ死にのような死にざまがお似合いっていうことだ）

しかし今度ばかりは違っていた。アトリエの床に大の字になった彼がとりとめのない思いを繋げていくのは二十一歳の新堂（しんどう）ひかりを知ったがためだろう。ひかりを知ってからというもの俊介は自分の中に今までの女たちとは明らかに違う感情が芽生え始めているのに戸惑っていた。

知り合って二カ月、ひかりの部屋で初めて彼女を抱いた時彼は新鮮なおののきで魂が大き

く震えるのを感じていた。いったいオレとしたことがどうなってしまったのだろうか。絵画が今一番躍動しているドイツへ行くというあの計画はどうなってしまったのだ。しかしすでに彼の生活はひかりを基軸に回り始めている。彼はひかりのしなやかな若い肉体に溺れ、ほほ笑みに酔い、才気に夢中になった。この女を自分一人だけのものにしたい、誰にも渡したくないという彼らしからぬ支配欲が徐々に頭をもたげてくる。彼のそんな気持ちを知ってか知らずかひかりはあどけない笑顔で彼の胸にそのたわわな乳房を押し付ける。

「俊介、永遠にこのままこうしていたい。時間がこのまま止まってしまえばいいのに」

彼はひかりの髪をまさぐりながら彼女への愛おしさで胸が苦しくなるほどだ。案外男というものはふとこういう気持ちになった時、いともあっさりと夢を断念するのかもしれないと彼は思う。

ドイツの友人、ノーマンからはいつこっちにやって来るのか、来るなら早く来いと俊介の所にたびたび電話がかかってくる。彼は六月の個展が終わった時点で近いうちに身の回りを整理してドイツに行くつもりにしていた。彼は当分日本には戻らないつもりで、ドイツで自分の実力の限界に挑戦するつもりになっていた。しかしひかりを知ってからの彼はドイツ行きをずるずると延ばし十二月の末になってもノーマンには曖昧な返事しかできないでいた。

「俊介、何を躊躇(ためら)っているんだよ。どこの国にいても食って寝て女を抱いてそして良い仕事をする、それだけのことじゃないか！　何も変わりゃあしないよ」

「あ、」

「俊介よ。俊介が一番脂の乗っている今、このドイツに来なくていつドイツに来るんだよ」

ノーマンはいら立ちを隠そうともせず最後にはお前呼ばわりをする。

「あ、、分かっているよ」

力ない俊介の声に彼は一瞬黙り込んだものの突如笑い出した。

「アッハー、俊介、分かったぞ。女だ！　お前が煮え切らないのは女のせいだな？」

たかが女のことでドイツ行きを引き延ばしにしている、他人がそのようなことをしたら以前の彼なら今のノーマンのように噴き出していただろう。しかし今の彼にとっては好きな女の前ではどんなこともすべてはちっぽけなことに思える。今の彼にとってはひかりが全宇宙であるし彼女のためならすべてを犠牲にしてもかまわないという気持ちにさえなっている。

「でも俊介、何を躊躇（ためら）うんだ。その女もこっちに連れてきてしまえば済むことじゃないか」

彼もそれを考えないではなかった。芸術の今一番輝いているドイツで思いっきり挑戦してみたいと彼は折に触れひかりにもその話はしていた。しかしその話を聞いても彼女は曖昧に笑うだけで一向に話に乗ってこない。

「まだ若いんだよ。一緒に行ってくれるだろうか」

一番不安に思っていることを俊介は言ってみる。

「俊介、君は今に絵描きとして世に出る人間なんだよ。そんな才能のある男についてこない女がいるとしたらその女は救いようのない馬鹿女か鼻持ちならない偽物に決まっているさ」

「……」

「おい、俊介、もっと自信を持てよ。おい、聞いているのか？」

だが俊介はノーマンの言葉を聞いているうちにいつもの闊達さを取り戻し始めていた。そう、彼は明後日のクリスマスにひかりと過ごす濃密な時間のために銀座のフランス料理の店を予約していたのだが、その席で正式にプロポーズをしようと考え始めていた。

（そうだよ。ひかりのいない生活なんか考えられないと直にぶつけてみれば良いだけのことだ。そうさ、案外オレの思い悩んでいたことはまったくの杞憂になるかもしれない）

クリスマスのディナーでの席でひかりに渡すプレゼントのことで彼はここ数日頭を悩ませていた。女への贈り物など今まで数えるほどしかしたことがない彼には何を買ったらひかりが喜んでくれるのか皆目見当がつかない。このオレが女への贈り物で頭を悩ませるとはどうやらこのオレもかなり焼きが回ってしまったようだ。しかし彼は己の変わりようにいささか戸惑いながらも今の自分のその一途な気持ちを素直に受け入れようと思っている。

（どこにでもいる恋人同士がしているクリスマスの儀式というやつを、オレは今恥も外聞も

なくひかりにしてやりたいんだ。そうさ、それでいいんだ）

シンプルな格好が似合う若いキュートなひかりは、何もせずにそのままでも十分に人の目を引くほどに美しい。それならそんなひかりをいっそう美しくさせるものは大ぶりのゴテゴテしたアクセサリーより小さな可愛いもののほうが良いかもしれない。銀座の老舗のデパートなら自分のイメージ通りの小さな宝石を嵌め込んだイヤリングは間違いなくあるはずだ。彼がここ数日迷っていたプレゼントを決めたのは昨日の夜だ。洒落たアクセサリー店の知識などない彼が買い物をするために銀座の老舗デパートを選んだのは至極当然のことだろう。

イヴの夕暮れ、銀座の喧騒はいやがおうでも人の心を昂揚させる。ひかりと知り合って三カ月、二人にとって初めてのクリスマスだが彼がこれほどクリスマスを待ち望んだ記憶は今までにない。点滅するイルミネーション、沿道の客引きの声、はやし立てるジングルベルの大音響。彼の口元は自然に綻び、ジングルベルのメロディーがその口をついて出る。

銀座四丁目の信号が赤から青に変わると信号待ちをしていた人々は一斉に歩き始めた。

「アレッ？」小さな声を出したつもりだったが彼の前を歩いていた人が怪訝な顔をして振り向いた。人波の先頭を切って歩き始めた女性の幾分肩を左右に揺する歩き方がひかりによく似ている。だがその女性は金髪の髪を無造作に肩まで垂らし、豹の毛皮のハーフコートをまとってひかりのあの清楚さとは似ても似つかない恰好をしている。あんな可愛い歩き方をするのはひかりだけかと思っていたが、あいつ以外にもいたなんて驚いたなと呟く彼の唇は思わず綻んでいる。派手な格好のその女は信号を渡りきると誰かと待ち合わせでもしているのか、目の前のデパートの入口付近にせわしなく目をやっているのが頭の動きで分かる。しかし相手がまだ来ていなかったのだろう、女は体を回転させると顔を歩道側に向けたのだが、なんと驚いたことにその派手に彩色された女の顔は紛れもなくひかりだった。

俊介の知っているひかりは自分の素肌の美しさを知っているのか、化粧といえば口紅を薄く引くぐらいで唯一変化をつけるところが肩までかかるストレートの美しいその髪だけだ。そんなシンプルなひかりしか知らない彼にとって目の前のけばけばしい化粧のひかりは文字通り驚きでしかない。だがひかりの様子を見ているうちに彼の考えも徐々に変化していく。そして彼は彼女の二十一歳という若さを考えるならこの現実も当然受け入れるべきだと考える。確かにひかりと知り合ってからの三カ月というもの、オレたちは閉鎖された二人だけの世界にいるような状態だったと俊介は思い返す。そうだよ、彼女にも彼女の生活があるのをオレはまったく忘れていた。オレと出会う前は彼女にも友達と会ったり映画を見たり買い物をしたりする生活もあっただろうに、この三カ月間オレがひかりを独り占めにしてしまい彼女にはそういう時間がまったくなかったといってもよかった。

その時ひかりの真っ赤な唇が大きく横に引かれた。ひかりが見る先を彼は目で追っていったが彼はそこに点滅し始めた信号をしなやかな駆け足でやってくる長身の男を見た。

「えっ？　あいつ？　谷口？」

男は信号を渡り切る前にデパートの前の人ごみに向かって手を振っている。ひかりは信号を渡り切った谷口のほうに小走りに近づくとハーフコートの両腕を谷口の左腕に強く搦めそして谷口の顔を自分の口元に引き寄せると何かを囁き彼の耳朶を軽く噛んだ。

時が止まった。虚脱状態のまま俊介はどれくらいの時間をその場所に立ち尽くしていただろうか。やがてうつろな目を上げた彼は夢遊病者のような足取りで歩き始めた。


翌日の午後八時過ぎ、俊介の住むアパートの外鍵が静かに回されるとハイヒールの靴音が規則正しく木の廊下を蹴って俊介の部屋の前で止まった。ドアノブがゆっくり回されると口紅もすっかり剥げ落ち疲れ切った様子のひかりの青白い顔が覗いた。

「アー、無事だったのね。良かった」

彼女の目にはうっすらと涙が滲み声も小さく震えている。

「約束の場所に来ないし携帯にいくら電話しても出ないし、事故にでも遭ったのじゃないかと本当に心配したんだからねっ！」

彼女は口を尖らせ窓際に立つ俊介の背中に拗ねて見せる。

「ねぇ、いったいどうしたっていうの？　クリスマスのディナー、私、本当に楽しみにしていたのよ。ねえ、俊介、きょうという大事な日をまさか忘れた訳じゃないわよね」

その日のために新調したのか可愛いリボンのついたエナメルのハイヒールを脱ぎ部屋に上がったひかりは何を言っても返事をしない彼にいささか戸惑っている。背中を見せたままの俊介の指に挟んだ煙草の灰がポトリと床に落ち、カーペットの焼ける臭いが鼻をついた。

見渡すと床にはスケッチブックや本が散らばり、ベッドの上にも洋服やこまごまとした雑貨が散らばり大きなスーツケースにはすでに半分ほど荷物が詰められている。そして部屋の隅にはガムテープで蓋をされた段ボールが幾つも積み上げられていた。

「ねえ、何なの、これは。どこか旅行にでも行くの？」

ただならぬ部屋の雰囲気に目を見張ったひかりの声が上ずる。

「まさか、えっ、ドイツじゃないわよね？　いやよ、俊介、行くのはやめて！　君が嫌なら行かないって言ったのにあれは嘘だったの？　嘘じゃないわよね。いやよ、行っちゃ」

肩を大きく上下させながらひかりはとぎれとぎれに声を繋げる。

「イヤッ、私を一人にしないでよ。何もドイツに行かなくても日本で私と楽しく一生暮らせばいいじゃないの。私、俊介と別れて一人で暮らしていくことなんかできない」

ひかりは泣き叫びながらスーツケースのそばに走りよると中のものを両手で掬（すく）い上げ床に

ぶちまけた。そして次に床に置かれたスケッチブックや本も手当たり次第に投げ始めた彼女に背中を見せていた彼がゆっくりと振り向くと薄ら笑いを浮かべた。

「何よ、なにがおかしいのよ」

俊介に初めて見せる激怒した彼女の顔は、白い頬にひと刷毛(はけ)紅を射したような緊張感でこの期に及んでもその美しさに彼は思わず目を見張ってしまう。

この凛々(りり)しいといって良いほどの、オレの心を捉えて離さない目の前のこの女があの谷口と繋がっていた。そのことを知った今でも彼の中にはひかりを信じたいという祈りにも似た気持ちが残っている。その時、無言のままの彼を憎々し気に睨みつけていたひかりの表情がふと和らいだ。

「あのね、俊介。私ね、赤ちゃんが出来たみたいなの」

突然甘えた口調で言い出すひかりに、驚くどころか彼は狂ったように笑い始めた。

「おー、おー、次はその手かい?」

笑い声にむせながら彼はやっとそう続ける。

「どういう意味よ」

憮然とした表情をしながらもひかりは空いた場所に座った。

「実は昨日さ、おめでたくも君へのプレゼントを買うためにオレは銀座へ出掛けたのさ」

ひかりの唇はかすかに開かれたままその大きな瞳だけが忙しなく瞬きを繰り返した。

「オレにとって銀座というところは昼間に個展を見に行くためだけの場所だった。だけど昨日はホント実に何年かぶりで夜の銀座に出掛けてみたんだよ」

流麗なカーブを描いた彼女の眉がぴくりと動く。

「本当に久し振りの銀座だったが、なんとそこで珍しい人物に会ったんだ」

「フーン、誰に？」

彼女の表情がまた優しくなる。

「谷口だよ。谷口恭一、君も知っているだろ？」

彼女の口がわずかに開くと次の言葉を探している。

「谷口って《現代のモジリアーニ》といわれているあの有名な谷口恭一のこと？」

「そう、その谷口恭一」

「だったら知っているわよ。だってその谷口さんとは若い頃研究所で一緒だったって以前俊介が話していたじゃない」

かろうじて彼女はそう呟く。

「谷口さんも俊介と久し振りに会って驚いたんじゃない？」

俊介はひかりの表情の僅かな変化も見逃すまいと彼女から目を離さない。

「フーン、それでどこのお店で飲んだの？」

久しぶりに会った俊介と恭一がどこかに飲みに行ったというのであれば、それは自分たちが別れた後のことになる。ということは私たちが一緒にいたところは俊介に見られてはいないということになると彼女の頭はめまぐるしく思考する。

「いや、あいつとは飲みには行かなかった。というより声をかける状態ではなかったんだ」

「何で？　久し振りに会ったのにどうして声もかけなかったの？　冷たいのね」

彼女の声はあくまでも甘く優しい。

「うん、だってさ、あいつったらデパートの、それも衆目の前で君と楽しそうにじゃれ合っているんだもの。あれじゃあ誰だって声をかけることなんかできる訳がないよ」

ひかりの瞳が大きく見開かれたかと思うと次の瞬間憎悪を孕（はら）んだ光を放った。

「なーんだぁ、見てたんだ。あーあ、だから銀座はヤバイからやめておいた方がいいってあいつに言ったのにあのバカが…」

吐き出すように言い放ち舌打ちした彼女は座っていた足をだらしなく投げ出した。

「なあ、君がオレと付き合うようになったのは初めからすべて計画的なことだったのか」

その言葉に軽蔑しきったひかりの目が彼に向けられた。

「そんなの決まっているじゃないのよ。新宿の画材屋でぶつかったのをおじさんは偶然だなんて思っていたの？　あの時から、違う、その三カ月前に銀座のあんたの個展の最終日に出かけたのも、あんたを嵌めるための予行演習だったと言ったらあんたは驚くかな？」

「あの時から…」

「あの日谷口からのおいしい仕事があるという電話がなかったら、誰がおじさんのあんなつまらない絵なんか見に行ったりするもんか！」

「谷口から？」

「今から銀座へ行って、津田俊介という奴の個展を見て来い。そしてあいつの顔をしっかり覚えてくればお前にいいアルバイトの世話をしてやるってね」

「アルバイト？　君の言ったオレに対する気持ちも全部嘘だった、そういうことなのか？」

「オレに対する気持ちだって？　今どきの中学生だってそんな幼稚なことは言わないよ」

　ひかりは口を大きく開けて蓮っ葉に笑い始める。

「谷口は何が何でもオレが女にのめり込まざるを得なくなるように、今度は君をオレに送り込んだっていう訳だ。そして情けないことにこのオレは、谷口の奸計そして君の貪欲な罠の前に易々と落ちてしまったということだ」

　彼は自嘲気味に小さく笑う。

　騙されたあんたが愚かなのよと言いながら立ち上がった彼女は飛び散った物で足の踏み場

も無くなった部屋の真ん中で一瞬躊躇する。しかし次の瞬間柔らかな踵が散乱した物の上に迷うことなく降ろされると彼女は荒々しくそれらを踏みつけながら戸口へと向かった。

窓辺に立つ彼に寂寞感だけが吹き抜ける。煙草に火をつける彼の手が小刻みに震え閉じた瞼から涙が落ちると床に跳ね返った。と、廊下を引き返してくるひかりのリズミカルなヒールの靴音が徐々に大きくなって彼の部屋の前で止まると新聞受けに何かが投げ込まれた。小さな乾いた音がすると彼の部屋の合鍵がコンクリートの床に転がった。そして軽快なひかりの靴音はまた徐々に小さくなっていった。

それから三日後の十二月二十九日　その年初めての雪が降る日、俊介はノーマン・グロスと赤沢健のいるドイツへと旅立って行った。

谷口恭一は寝不足の上に酷い二日酔いだった。昨夜彼は評論家・遠山憲太郎からの電話で津田俊介のドイツでの客死を知り、それ以降彼はすっかり躁状態になっている。
キャンバスの上に置かれたままの絵具にまみれた自分の手を見ながら、彼は遠山の電話を切った後の自分の行動を切れ切れに思い返してみる。出入りの画商からもらった日本酒をたて続けにコップに二杯あおるとその後はパレットに何色もの絵具を山盛りに絞り出した。そしてそれを両手で掬い取ると手近にある描きかけのキャンバスに思い切り叩きつけそれを素手でこねくり回していたがやがて記憶は途切れ途切れになっていった。身震いをして目覚めた彼は床に座ったままの状態で自分が寝入ってしまったことを知り、アトリエの温度が急激に下がっているのを感じながら背後の壁の時計を見上げた。そしてあと三十分もしたら辺りは明るくなってくるはずだと考える。そして彼はもう一度大きく身震いをするとこれでもかと言わんばかりに吐き捨てる。

「いい気味だ。津田の野郎!」

彼はウェスにクリーナーを十分しみこませると絵具で汚れた両手をていねいに拭き始める。

「俺の数々の企みをすべて巧みにかいくぐり、あれほどしぶとく生き抜いてきたお前がこんなにあっけなく死んでしまうとは、俺の今までの努力はいったい何だったのだろうと思うが、まあ、終わりよければすべてよしだ。しかし考えてみると俊介よ、俺たちが初めて出会ったあの時からお前の人生はいつも空回りばっかりで一つも良いことはなかったよな。ホント考えてみるとお前は哀れな奴だったよなあ」

恭一は乾いた笑い声を立てながら呟き続ける。

「でも良かったじゃないか。これでお前も誰にも認められない絵を描くという、金も時間もドブに捨てるような無駄な行為をしなくて良くなったんだからさ。でも俊介よ、お前は精一杯突っ張っていたが本当のところ貧乏生活はつらかったんだろう? 売れない絵なんか描きたくなかったんだろ？　そうだよ、お前はもっと素直になれば良かったんだよ」

綺麗になった両手を明かりにかざすと両手の爪の間には色とりどりの絵具が隙間(すきま)なく入り込んでいる。ウェスをもう一度手に取った彼は爪の間をていねいにこすってみるが爪の間に入り込んだ絵具は少々のことでは落ちるはずもない。諦めた彼は冷え切った肩を両手で囲いながら隣室に行くとサイドボードから酒を取り出しコップに並々と注いだ。

「さぁ、バカなあいつの気の毒な人生に献杯をしよう」

コップを目の高さに掲げると、彼はそれをゆっくりと口に運ぶ。

「次はこれから先も己(おのれ)の芸術に邁進(まいしん)していく俺自身の人生ために乾杯だ」

高くコップを掲げた彼は手に付いた揮発油の臭いと共にコップを一気に呷った。それからアトリエの片隅に置いた簡易ベッドへともぐり込んだ恭一だったが、気持ちが昂ぶっているせいかいっこうに眠りにつくことが出来ない。しばらくは羊の数などを数えていたものの結局諦め起き出した彼は次にウィスキーを飲み始めた。

渋谷の研究所で初めて俊介と出会ってから、俺の前にはいつも俊介が立ちはだかっていたと、恭一は口の中でウィスキーを転がしながら思い返す。

国内のコンクールの賞を総なめにして絵描きとしては俊介より知名度もあり活躍もしていた。俊介の恋人だったあの輝くばかりに美しい葉山由宇子も手に入れ芸能プロダクションからの誘いもあったほどの容姿にも恵まれ有り余るほどの金も手にした。俺に叶えられないことは何もなかったと彼は華やかな過去の出来事をひとつひとつ羅列してみる。

だが…と恭一は考える。俺はなぜか金もなく知名度もなくいつも粗末な格好をして未だに結婚もしていない、文字通りないない尽くしの俊介にずっと圧倒され続けてきた。

　確かに底知れぬ才能というものがある上にあいつは血の滲む努力もしてはきただろう。しかし自分だけが真実を追求しているようなあいつの思い上がった精神を叩き直してやろうと俺は長い間憑かれたようにいろいろなことを仕掛けてきた。あいつは絵を描くためにあえて家族を持つことを拒否したがあいつも多くの画家と同じように係累を持つことで、その目を絵だけに向けてはいられない状況になったとしたら、あいつの底知れぬ才能だって埋もれてしまうはずだ。あいつと知り合ってからずっと俺はあいつをそういう状況に追い詰めることだけを考えてきた。しかし何ということだろうか。俺はもうそんな無駄な労力を使わなくても良くなったんだ。そうさ、なぜならあいつは業火に顔も体もすべてを跡形もなく焼き尽くされてしまったのだから金輪際キャンバスと対峙することなど出来なくなったってことさ。

彼は勝ち誇ったようにコップを掲げるとそのブラウンの瞳を猫の目のように細める。

　いや、待てよ。遠山はあのように言ったが、俺を散々苦しめ俺の仕掛けた罠をいとも巧妙にかいくぐってきたあいつが、たかが交通事故などで命を落とすだろうか。脳裏をよぎった疑念に彼の瞳が不安げに彷徨い始めると彼は温めたウィスキーのコップを慌てて口に運ぶ。

確かに彼の中には遠山の言葉をまだ全面的に信じてはいない部分があった。昨夜、遠山と話をしながら彼は今後はどんな形にせよ二度と俊介に関わるのは止めにしようと決意した。だから遠山がしきりに誘ったきょうの俊介の偲ぶ会にも彼は行くつもりはなく何とか理由をつけて断ってみたものの、夜の気配が朝の光にとって代わろうとしているその時、眠れずに朦朧とした状態で酒を飲み続けていた彼の思考はなんとも曖昧になってきている。俊介とは今後一切かかわらないという彼の確固とした気持ちは何とも頼りなくぐらつき始めている。

そうだ。己にあいつの死を納得させるためにはきょうの偲ぶ会には行かなくてはならない。そうしなければこれから先も俺はずっとあいつの影に怯えながら生きていくことになる。彼は苦しそうに首を振るとコップに残った最後のウィスキーを機械的に飲み干した。


北千住の佇まいは繁華な街並みに変化していたが大きな道筋は二十年前とまったく変わってはいない。北千住の駅から俊介のアパートまでの途中に安酒を買った古びた酒屋が確かあるはずだったが、あれからの年月を考えると店の存続は何とも心もとない。谷口恭一はその店で俊介の偲ぶ会のために酒を一本買うつもりにしていたのだが、その店が廃業している可能性はかなり大きい。駅の近くで調達してこなかったことを後悔し始めたその時、彼の記憶のその場所に今風に改装した酒屋を見つけた。ガラス戸を引き中に入ると当時の店主の息子なのか店主によく似た小太りの男が「らっしゃい」と大きな声を張り上げた。

「日本酒の一番高価なのは何があるの？」

「八海山と久保田がありますが」

八海山も久保田もあの連中にはちょっとばかり上等過ぎるとは思ったものの、俊介との縁切りの儀式のためにこの際ひとつ奮発するのも悪くはないと彼は思い直す。

「じゃあ八海山を包んで」

八海山の一升瓶を手に下げた彼は濡れた路面に気を付けながら通りを抜けて行く。しばらく行くと当時のままの木造の家が何軒か残りそれらの家の軒は傾いてはいるもののぼんやりとした明かりが雨に滲んでつつましやかな生活の匂いがしてくる。彼は靄（もや）の先にそれと分かる大きな建物を見つけると正門の横の小さなくぐり戸を抜け庭のほうに廻ってみる。そして唯一明かりが点いている一階の角部屋の前に近づくとカーテンの閉まっているガラス戸に耳を近づけ中の様子を窺（うかが）った。中からは複数の男の話声や笑い声が漏れ聞こえてくる。

「暇な奴らだなあ」しばらく聞き耳を立てていた彼は声を出さずに鼻先で笑うと抜き足で玄関に戻った。扉を押すと施錠もされていないドアは小さく軋（きし）んでかすかなカビ臭さを放ちながらゆっくりと開いた。正面の広い踊り場は人が住まなくなってすでに七、八年が経っているせいか、踏み込みのフローリングの床は所々が捲れ上がり往時の洒落た明るい感じはすっかりなくなっている。彼は無人の建物の独特なその臭いに僅かに眉を顰めたものの、踏み込みを上がり慣れた足取りで廊下を左に進むと真っ直ぐに延びた廊下の一番奥の部屋からはかすかに明かりが漏れている。部屋に近づくにつれ明瞭には聞き取れないが数人の男たちの声が聞こえてくるが彼は部屋の前に立つと口元に浮かんでいた微笑みを周到にしまい込み深呼吸を一つした。恭一のノックに部屋の中のざわめきが止んだ。彼がドアノブを回すとそこには石油ストーブを囲み一斉にこちらを向いた懐かしい四つの顔があった。

「おー、おいでなすった。急ぎの仕事は大丈夫だったのか？」

車座になっていた彼らのうちで、恭一を見て真っ先に立ち上がったのは遠山憲太郎だ。泣き腫らした目をしばたたかせる遠山の問いかけに、まあ何とかなと彼は曖昧に答える。

「ワシかてきょうのためにドイツからわざわざ戻って来たんやで。せやからお前が忙しいからきょうは行かん言うとると遠山から聞いて言い訳にならんと怒っとったところや」

出身地の大阪以外での生活が長いはずなのに未だに関西弁が抜けない赤沢健が恭一に両手を差し出しながら立ち上がりその丸い顔を綻ばせると彼をしっかりと抱きしめた。

「なんや、もうかなり飲んどるやないか」

彼は抱きしめた恭一の尋常ではない酔い方に驚く。

「いや、ここに来る前にちょっと寄るところがあってそこで飲まされちゃったんだよ」

「何や、忙しいこっちゃなあ」

会社勤めをしている山口知也と大久保直哉は勤め帰りなのか、背広姿だったがさすがにネクタイだけは緩めた格好で二人のやり取りを聞いている。

「うおっー、さすが売れっ子！　我々の安酒とは違うぜ」と恭一からの差し入れの八海山を高く掲げた遠山はわざとおどけた歓声を上げてみせる。久し振りに会った五人は津田俊介の予期せぬ客死という状況の中でそれぞれが常とは違う感情の昂ぶりを見せていた。

恭一は部屋の中を見廻しながら車座の中に入ると胡坐をかいた。部屋の四方の壁には表向きになった俊介の描きかけの作品が立てかけてあるがそれらを一瞥した恭一は描きかけのそれらの作品だけですでに叩きのめされた気持ちになっている。

「これ以外の作品は倉庫代わりにしている三号室に全部保管してあるんだ」

恭一の不安げなまなざしを、あまりの作品の少なさに疑問を感じたと思い違いした遠山が三号室の方向を指さした。

「あゝ、それでか。ずいぶんとさっぱりしていると思ったんだよ」

未完成の俊介のこれらの作品にさえ俺はとうてい太刀打ち出来ないのだという動揺を皆に悟られまいと彼は冷静を装いながらそう答える。

「それにしてもあいつはただ同然でこのアパートの三部屋を独占していたのだから谷口画伯と同じくらい贅沢なんじゃあないのかなあ」

「いやいや、とんでもないよ。贅沢さからいったら俊介のこの生活は俺以上だよ」

心の中では舌打ちをしながらも恭一は笑い飛ばす。

「チャチな住まいかもしれないが、俊介にとってここは文字通り聖域だったんだろうよ。あれだけすばらしい今までの作品は全部がチャチなこの空間で出来上がったんだものな」

俊介がこのアトリエでひたすら描き続けたとてつもなく長い時間を思い一同は黙り込む。

「なあ、さっきから疑問に思っているんやけどなあ」

沈黙を破ったのは気持ちが昂ったのかちょっと甲高くなった赤沢健の声だ。

「壁に立てかけてこっち側に向いとる絵は六枚あるんやけれど、それに重なっているものも併せて数えてみたら全部で十一枚あったわ」

彼はコップを持つ手を掲げると皆を見回す。

「その十一枚が十一枚ともワシには未完成に思えるのやが、実際のところどうなんやろか」

心に何か疑問があると不満そうに口を尖らせる彼の癖を皆は久し振りに見て笑う。

「なあ、あいつは未完成の作品をこんなにようけそのままにして、何で慌ててドイツに行かなならんかったんやろか。普通は当分の間海外で暮らすのが分かっとったら描ききらん大きな作品には手を付けんと思うんやけどな」

赤沢の大阪弁が移ったのか大久保がほんまや、確かにそうやなと頷く。

「それも十一枚だもんなあ」ネクタイをいっそう緩めながら山口知也も首を振る。

「自分の命にも等しい作品を描きかけにして、何が何でも日本を離れなければならない切羽詰まった事情が急にあいつに持ち上がったんだろうか」

「そうや、それなんや。わしもそうやないかとさっきから思っていたんや」

「失恋でもしたんじゃないのか、それも大失恋というやつを」

知ったようなことを言うなというように赤沢が恭一に目をやると彼の頭が右に左に揺れている。昨夜から一睡もせずにまる一日飲み続けている恭一の意識は暖房で温まった部屋の中で時々遠のいていくがそれでも彼は惰性で酒を口に運び続けている。そして朦朧とした意識の中で、今が頃合いと判断を下した彼は舌なめずりをしながら静かに切り出した。

「なあ、俺は今でも信じられないのだが俊介は…あいつは本当に死んでしまったのか？」

恭一の沈痛なその声に皆が一斉に黙り込み、労わるように彼を見つめる。

「信じとうないがそれが現実や。わしらは俊介が死んだ事実を受け止めんとあかんのや」

赤沢健は隣の恭一の肩にその肉厚の手を乗せるとこらえなあかんとばかりに揺する。

（そうか、俊介は間違いなく死んだのか。あゝ、やっと俺はあいつから解放されるんだ）

その時恭一の目から涙が溢れ出すと彼の背中が大きく波打ち始めた。

「そうやろな、よう分かるで。あの渋谷の研究所で知りおうたわしらの仲間が次々と挫折していく中で、結局絵を続けたんはお前と俊介だけやったもんな。せやからなあ、お前にすれば俊介が死んでもて大切な同志を無くしてしもたような気持なんやろ思うわ」

赤沢は声を詰まらせるとその分厚い胸に恭一を引き寄せしっかりと抱きしめた。そして幼子に子守唄を聞かせるように彼の背中を一定のリズムで優しく叩き続ける。その場の誰もが俊介の死に恭一がこれほどまでに心を乱すとは驚きであった。絵画に対する方向性もまったく違うし特別親密だったようにも見えなかった二人だったが恭一のその取り乱しようを見た彼らは二人だけにしか分かりあえない何か特別な強い絆があったのかもしれないと忖度する。

恭一の痙攣（けいれん）が徐々に治まってきたのを感じた赤沢は、彼を自分の胸から離すとその顔を労わるようにそっと覗き込んだが、彼のそのシャープな口元にそれとは分からぬほどの冷ややかな微笑みが浮かんでいる。それを見た瞬間赤沢の体を冷たいものが走り抜けた。

「こいつ…」

頬を引きつらせたまま赤沢は目の前の空になったコップになみなみと酒をつぐと今見た悪夢を追い払うようにそれを呷った。彼は横目で恭一を盗み見ていたが突然居ずまいを正すと俊介が死んだときの状況をゆっくり話し始めた。

「あの日は朝から抜けるような青空が広がっとった。朝の六時過ぎヴォルフスブルクの警察から電話がかかってきたんやがその時ワシはまだ夢の中やった」

赤沢はそう切り出しながら恭一の反応をうかがう。

（お前がきょうここにやって来たんは俊介の死を悼むためでもなく俊介の思い出話をするためでもなく、俊介が死んでもたということを確認したいがためやったんやろ。そおか、ほなら望み通りそれをじっくり聞かせてやろうやないか。恭一、よーく聞いておくんやぞ）

赤沢は今にも泣き出さんばかりのくしゃくしゃになったその顔を期待に輝く目をした恭一のほうに迷うことなく向ける。

赤沢は俊介が遭遇した事故をできるだけ詳細に語っていったが事故の生々しい模様が次々と明かされ皆が言葉もなく俯くなか、恭一だけは訥々と語る赤沢健の言葉をひと言も聞き漏らすまいと真っ直ぐに首を伸ばし頷いている。赤沢の発っする言葉は恭一の感情を揺さぶり続け彼の心は限りなく開放され癒されていった。

時間が過ぎ話題は二十年前の渋谷のデッサン教室に通っていたころの共通の思い出話しになっていったが、一本の安酒を囲んで皆で戦わしたあの過激な芸術論議が懐かしさを伴って今また蒸し返される。

「しかし考えてみると、あの時すでに谷口にしても俊介にしても一流画家としての現在の片鱗はあったよなあ。なにしろいつも一番過激な論理を展開していたのが俊介、そして一番スター性を持っていたのが恭一だったじゃないか」

今は会社勤めをしている大久保直哉は、あの頃はこの僕だって美術界で世界変革を試みるんだって吠えていたものだったさと照れくさそうに笑う。

「そうだよな。我々はとうの昔に挫折してしまったんだが、あの時の予想通り一番過激な俊介は最後まで吠え続けて哀しいくらい潔く死んでしまったし、恭一は文字通り輝けるスターになっちまったものなあ」

アパレルメーカーの企画室にいる山口知也の声は低く暗い。暖房がほど良く効いた部屋での心許せる友と酒を飲みながらの昔話は次から次へと尽きることがない。

皆の声がきれぎれになって恭一の耳をくすぐる。恭一は遠のいていく意識を必死に鼓舞するが、すでに午前一時を回った今は前夜の徹夜のせいで彼の疲れは限界にきているようだ。彼はちょっと失礼すると言いながらよろよろと立ち上がるとおぼつかない足取りで隣の八畳の板の間に移動しそのままその部屋に倒れ込んだ。

「おい、谷口よ、手を貸すから二号室の寝室に行こうぜ」

「いいの、いいの。皆の話を子守歌代わりにしてここで寝るから構わなくていいよ」

恭一はくぐもった声で返事をしたもののすぐに軽いいびきをかき始めた。

「昨日は徹夜だったようだからな。それに今までの疲れもたまっているんだよ」

遠山の声を聞きながら山口知也が立ち上がったのは隣室に布団を取りに行くためだ。

(徹夜でこんなに疲れとるのに、俊介の死の事実を確実に知るためにこいつはここに来んとおられんかったんやろな)

上半身は襖で隠れているため恭一の顔は見えないが、赤沢の耳には規則正しい彼のいびきが聞こえてくる。それを聞きながら彼は先ほどの血の気が引くような彼の冷ややかな微笑を思い出し大きく体を震わせた。

「どうした、寒いのか?」

両手に何枚もの寝具を抱えて戻って来た知也はそう言うと赤沢に毛布を一枚放り投げる。そして隣の部屋で軽いいびきをかいている恭一の体を優しく包むように毛布と布団を掛けると、恭一が安眠できるようにと部屋の境の襖を閉め暗くした。

いったいどれくらいの時間が経ったのだろうか。喉の渇きを覚えて目覚めた恭一は、自分の寝ているそこがいったいどこなのか一瞬分からなかった。朦朧(もうろう)とした頭に遠山憲太郎の極力トーンを落としたバスが聞こえてくる。

(あゝ、そうかそうか、あの負け犬の俊介の死が信じられなくて、俺はそれを確認するためにこうしてわざわざこの小汚いあいつのアパートにやってきたんだったよ)

彼は徹夜の疲れと大量の酒のせいでいつの間にか眠ってしまった事を朧げに思い出す。喉の渇きを覚えながらも夢うつつのまま彼はゆっくり目を閉じる。そしてそのまま遠山の押し殺した声を彼は聞くでもなく聞いていた。

「ドイツに行って七年、津田俊介という日本の稀有なアーチストの存在がやっと世界的に認められようとしていた矢先だったというのになあ」

押し殺した遠山の低い声が続く。

津田俊介…世界的？　恭一のまだ朦朧としたままの頭は混乱してくる。

（まったく何を言っているんだよ、遠山は）

彼は体を回転させると腹ばいになった。そしてその体勢のまま彼らの話をもっとよく聞くために匍匐前進で隣の部屋との境の襖のところまで移動して行った。

「そうなんだよ、あとは来年早々に迫った個展を開催するだけだったんだよ。せめて…せめて俊介の事故があと三カ月遅かったら、あいつはその目で自分が世界に羽ばたいた瞬間を目にすることが出来たんだよ」

「あゝ、僕も遠山からその話を聞いてドイツに行くために仕事の調整をしていたんだよ」

喉を擦りながら恭一は何度も唾を飲みこんでみるがそれで喉の渇きが治まる訳がない。

「でもさ、まさかその個展は中止になる訳じゃないんだろ？」

「それは大丈夫だ。昨日僕のところに俊介の個展をすることになっていたヴォルフスブルク美術館々長のコンラート・エンデ氏から電話があったんだよ。俊介の個展は彼の死によって中止するなどということはないから安心してくれと言うんだ。そしてその時彼はこうも言ってくれた。私は津田俊介のアートに対しては今度の事故があってもなくてもあくまでシビアに見ているつもりだし、見ているからこそ評価もしているんだってな」

「本当か？　それはすばらしいことじゃないか」

弾んだ大久保直哉の声に、恭一が目を覚ますからもうちょっと静かにと言う遠山憲太郎の声が重なると今度はかなり抑えた山口知也の声に変わった。

「嬉しいよなあ。日本では評価もされずまったく無視され続けてきたあいつの作品が、芸術の息づいているドイツでやっと正当に評価されようとしているんだぜ」

「ほんまや、俊介が日本の画壇を見限ってドイツに行ったんはまったくもって正解やったということやなあ」

「ほんま、嬉しいよなあ、ドイツさまさまや」

山口のおどけた声に皆が声を潜めて笑う。

「それでな、去年にその話が正式に決まった時、コンラート・エンデ氏は俊介に正式に言ったそうだ。これからあなたの仕事のためにヴォルフスブルク美術館はできる限りの応援をするから、今回の展覧会をそのままヴォルフスブルク美術館の推薦という形で日本に持っていきなさいと。俊介にしても日本の美術界に絶望はしていても、やはり日本の美術館を巡回するような大々的な展覧会はしてみたかったと思っていたらしく、その話にかなり乗り気になっていたそうなんだ」

「そうだよ、意趣返し(いしゅがえ)じゃないが受け入れられなかった日本で、それも日本で一流と言われる美術館を巡回するような大イベントを打つ、俊介がそう考えるのも至極当然のことだよ。しかしなあ、ここで日本はまたしても何事も自国で決められない文化の低さを露呈するという訳なんだ。自国ではまったく認めようとはしなかった画家なのに他国が認めた画家となると、たぶん迷うことなく受け入れるんだろうな。まったく笑っちまうよな」

シニカルな笑いが束の間広がる。完全に目覚めた恭一の固く閉じられたその瞼から次から次へと溢れ出た涙はゆっくりと流れ落ち床板を濡らしている。

「谷口は本当に疲れているようだな」

山口知也の心配そうな低い声に一同の話が中断した。恭一は慌てて四つん這いのまま襖から離れると、寝ている間に誰かが掛けてくれた布団に慌ててもぐり込み息を殺した。

(あの俊介が、あいつがこれから国際的な作家になるんだと?)

彼は奥歯をきりきりと噛み上げる。

（あいつは死んでもなお俺を苦しめ続ける。あいつはなぜ俺を開放してくれないんだ）

丸まったままシャツの裾を引っ張り上げた彼は涙と鼻水で濡れた顔面をそこにこすりつける。ヨイショの掛け声とともに知也が立ち上がる気配がしたかと思うとアトリエとの境の襖が開けられた。

「本当に疲れているんだな」

隣室に足を一歩踏み入れた知也がそう呟きながら襖を閉めるのに赤沢の声が被さる。

「あないに疲れ切ってしまうほどの売れっ子作家になってはたして谷口は幸せなんやろか」

一同の沈黙が暫くあった。

部屋の中はタバコ、アルコールそして四人の男たちの体臭がないまぜになって一種異様な空気が立ち込めている。遠山がコップの酒を飲み干し大きな吐息をつくと淀んでいた空気がかすかに揺らいだ。

「で、俊介の日本でのその個展はいったいいつになる予定なんだ？」

「そう、ドイツでの展覧会が来年早々だから、日本での巡回展は来年の六月ごろに東京から始まることになると思うんだ」

「しかし日本のどこの美術館も来年の予定はすでに決まっているのだろう？」

大久保直哉は当然の疑問をぶつけてくる。

「うん、まあ予定はな。だが予定というものは未定でもあるということでどこの美術館でも必ずその美術館の収蔵作品を見せる常設展を年に二回くらいは組みこんでいるんだ。だからそれをうまく調整すれば来年でも全国の主だった美術館での開催は可能になるはずなんだ」

遠山はそこで一呼吸置くと皆を見廻した。

「実はな、エンデ氏が俊介の日本展は全面的に僕に任せたいと言ってくれているんだ」

遠山は少し照れたように微笑む。

「えっ、ほんまか？　それはすごい話やないか」

俯いていた赤沢健は思わず顔を上げて手を打ったが、隣の部屋で寝ている恭一を思い出し慌てて口を押えた。

「ほならその企画展をきっかけに遠山もいよいよ一流評論家の仲間入りちゅう訳やな」

今度は赤沢健が自分のコップを隣の山口知也のコップに当てる番だ。

「俊介は何かの折にエンデ氏に僕のことを話していたらしいんだな。だから今回俊介がこんなことになった時、エンデ氏はまず一番に僕のことを思い出し津田俊介という稀代（きだい）の画家の日本巡回展の企画構成ができるのは君しかいないと言ってきたんだ。そして戸惑う僕にそれは彼の遺言でもあるんだからと言ってくれたんだ」

当然だと言わんばかりに山口知也が大きく頷く。

「ヴォルフスブルク美術館が企画してくれた俊介の展覧会だから、誰が企画構成したって日本での成功は間違いないのだがエンデ氏はあえて僕を指名してくれたんだよ。遠山を一人前の評論家にしたいと俊介は常々エンデ氏に言っていたらしいんだがそれ相応のアーチストの展覧会の企画構成をすることによって、評論家もまたそれ相応に評価されるという法則を俊介は分かっていたということなんだよなあ」

「ほんまにこれは凄いことやないか？　世界的なアーチストと世界的な評論家、この二人と僕らは昔あのしけた渋谷の研究所で一緒に勉強していたなんて本当に嬉しくなってくるよ」

人差し指をワイシャツの襟に当て大久保はネクタイをいっそう緩めると心底笑顔になった。

ヴォルフスブルク美術館のエンデ館長から俊介の日本での巡回展の一切を任された遠山憲太郎の毎日は忙しい。ヴォルフスブルク美術館で開催された展覧会をそのまま日本に持ってくるという話に驚嘆した日本の美術界やマスコミは連日津田俊介という異端児をニュースに取り上げることを惜しまない。

結局遠山が『津田俊介巡回展』にピックアップした七つの美術館は、無名の津田俊介という逆輸入されたアーチストを一も二もなく受け入れ、来年の六月から始まる全国巡回展の協力も惜しまないという。

日本にいた時もドイツに移り住んでからも俊介の絵画に取り組む姿勢も生き方も何一つ変わってはいなかったが、しかしヴォルフスブルク美術館での企画展がなかったらこうもスムースに事は運ばなかっただろう。今回のことがなければコンクールの受賞歴も学歴も門閥もない、ナイナイ尽くしの津田俊介の実力をこの国は決して認めることはなかったはずだ。

十一月の半ば頃から巡回展の準備のために遠山は北千住の俊介のアパートに通うようになっていたが、俊介の作品の見直しという作業は、遠山にとっては久しぶりに気持ちの奮い立つ仕事だ。遠山はその年の暮れまでに日本にある俊介の全作品のすべてを点検して、全国巡回展に出す作品を決めてしまいたかった。というのもそうしないことにはポスターや入場券の印刷が間に合わないし、何より今回の遠山は一評論家以上に一演出家でもあったので、主だった顧客への挨拶も忘れるわけにはいかないからだ。

しかし何といってもアパートの三号室に保管されたあの膨大な量の作品を自分一人で動かすのはとても無理に思える。俊介のアトリエに通い作業を始めてまだ二、三日しか経っていないのにすでに遠山の体中を何ともいえない鈍い痛みが走っている。どこかの大学にアルバイトでも頼もうかと考えていた矢先、俊介の回顧展を週刊誌で知ったという三人の画家志望の若者が三鷹の遠山邸までやって来て是非何か手伝いをさせてくださいと申し出てくれた。

遠山は枕が変わると安眠できないタイプであったが、今年中に目処をつけたいと思っている彼はそんなことを言ってはいられない。十二月に入ると彼は三鷹の自宅に帰る時間も惜しみ北千住のアトリエに時々泊まり込むようにもなった。

アシスタントの三人の若者たちは、かび臭い布団しかないそこにはさすがに泊まる気になれないのか、彼らは朝早くやって来てそして夜はどんなに遅くなっても必ず自宅に帰って行った。若い三人の効率よい仕事ぶりのお蔭で、仕事の段取りは遠山が思っていた以上に捗っている。

「たまには早く切り上げて雪の降るこんな寒い日には焼肉で一杯っていうのはどうかな？」

俊介の作品そして生き方もすべてが好きだという三人の若者たちと酒を飲みながら、彼の思い出話をするのもこんな夜には相応しいかもしれないと遠山は思う。三人は若者らしい屈託のない歓声を上げるとＶサインを掲げた。

北千住の駅前まで出た四人は大通りから一本裏に入ったその界隈ではおいしいと評判の焼肉屋に入った。三人の若者たちの食欲は旺盛だったが、思っている以上に仕事が捗って機嫌の良い遠山のそれも彼らに負けてはいない。

飲み疲れ喋り疲れた遠山が駅前で三人と別れた時、時計の針はすでに十時を回っていたが雪の降りしきる中を覚束ない足取りの彼は鼻歌を歌いながらいつもの倍の時間をかけて何とかアパートに辿り着いた。アトリエに入った彼はまず明かりを点けそしてコートを着たまま床にドサリと座り込んだ。そして周囲の壁に立てかけてある俊介の作品を暫くは眺めていたものの、彼の体はそのままゆらゆらと揺れ始める。突然襲ってきた睡魔に負けじと彼は酔眼（すいがん）を泳がせるもののその瞼は確実に落ちていく。

思いっきり大きな欠伸（あくび）をしながら立ち上がった彼は隣の部屋に積み上げてある布団を広げると寝床を作った。コートだけを脱ぐと彼は明かりを消して冷え切った布団に潜り込んだがいろいろな思いが交錯してあれほど眠たかったにも拘らずなかなか眠りにつくことが出来ない。朦朧（もうろう）とした意識は行きつ戻りつを繰り返していたが夢うつつのどこかで彼はアパート周囲の不穏な気配を感じていた。

（腹を空かせた犬だろうか）

目を閉じたまま外の気配をうかがうとガサガサという小さな音がしているのは敷地の中に誰かが投げ込んだビニール袋の食べ物の臭いを犬が嗅いでいるのだろうか。彼の瞼にはやせこけた野良犬がこの寒空を悲し気にうろつく姿が浮かんでくる。

哀れな奴だ…彼の意識がまた遠のきかけた時、枕元の高窓のガラス戸がカタッと小さな音を立てた。建て付けの悪くなっているガラス戸は軋（きし）んだ音をさせながらわずかずつ開けられていくようでその隙間から湿った冷たい風が吹き込み彼の頬をかすめる。と同時に揮発性の刺激臭が彼の鼻を突き窓の外が急に明るくなると火のついた何かが部屋の中に投げ込まれた。

何が起きたのか理解できないまま跳ね起きた彼の脳裏（のうり）にはこの建物を焼失させてはならないという考えが瞬時によぎる。部屋の真ん中に落ちた炎はすでに床板を舐め始めているが遠山は布団を力いっぱい引き寄せると燃え広がっている炎に覆いかぶせた。その時布団の間から吹き出た炎が彼の右手をかすめると一瞬鋭い痛みが走った。今はとにかく火を消すことだと思う彼は積み上げてある座布団を掴むと布団で覆いきれなかった炎を思い切り叩き始めた。

彼の目は血走りその口からは悲鳴のような叫び声が上がる。

「消えろ！　頼む、消えろ！　頼むから消えてくれよ」

最後の炎がどうにか消えたのは、彼が座布団で必死に叩き始めてからどれくらいの時間が経った時だっただろうか。彼は息を弾ませたまま部屋の真ん中に投げ出された布団の上にドカッと座ったがそれでも布団の下の残り火がまた燃え上がるのではと不安になってくる。と、彼はその大きな体をその上に横たえるとその上を右へ左へとゆっくり転がり始めた。

「このままおとなしくしてくれよ！　もう燃えるなよ、頼むよ」

彼の体の下で熱が徐々に収まっていく感じになると彼はやっと安堵の表情を見せる。布団を捲って床に手を当ててみると僅かな温もりだけが伝わってきた。布団をそのままに立ち上がった彼は、まず冷気の入ってくる高窓のガラス戸を閉めそして明かりを点けた。疲れ切った足取りで流し場に行くととりあえずコップ一杯の水を飲んだものの、呆然自失した彼は何も考えられずに大きなため息をつくだけだ。

「さて……と」

彼は再度蛇口をひねると出しっぱなしの冷水の下に赤くなった右手を差しだした。アパートは出火させずに済んだ、そして俊介の作品は一枚の損傷もなく済んだ。俊介の作品を守ったという安堵感のためか彼の目にはうっすらと涙が滲んでいる。

もしも作品が全部燃えてしまったとしたら僕はあいつに何と言って詫びればいいんだ。あいつが心血を注いで作り上げてきたこれまでの作品が灰燼に帰したとしたらそれは到底詫びて済むことではない。そう考えた時寒さではない別の震えが彼を襲い彼は歯の根が合わないほどになっている。震えに身を任せながらも誰が何の目的を持ってこのあばら家に火を投げ込んだのだろうと彼が考え始めたのは当然といえば至極当然のことだ。この老朽化した今にも崩れそうなこのアパートを放火して誰が一番利益を得るのか。アパートに収納してある俊介の大量の作品が文字通りただのゴミとなった時に最も喜ぶのはいったい誰なのか。

「アイツ……」

彼には俊介の作品を消滅させたいと願う人物の心当たりは一人しかいない。そう思うことは彼にとって哀しくつらいことでもあるがどう考えてもそれは間違いのないことに思える。

「つらいなあ」

ひと月前の津田俊介を偲ぶ会の翌朝、駅前で朝食を済ませた五人はそのまま北千住の駅で別れた。しかし三鷹に住む遠山は山口知也と帰途が一緒になり、その時彼から思いがけないことを聞かされた。

「なあ、偲ぶ会に来た谷口の気持ちは我々が俊介を思う気持ちと同じものだと思うか？」

電車の扉付近に二人は並んで立っていたのだが知也が独り言のように呟く。

「ん？　そうだと思うけどな」

俊介の自動車事故の詳細を赤沢から直に聞くことで谷口は俊介の死を確認したかった。だから彼は不承不承（ふしょうぶしょう）ながら偲ぶ会に来たのではと疑っていた遠山は曖昧に答える。知也は遠山の答えに肯定も否定もせず黙ったままだ。しばらく二人は何も言わずに車窓を眺めていたが知也が意を決したように今度ははっきりと言う。

「昨日な、ちょっと気になったことがあったのでお前の耳に入れておくよ。僕の杞憂（きゆう）であってくれれば良いと思っているのだが頭の片隅にでも置いといてくれないか」

「谷口のことか？」

「あゝ。昨日谷口は来た時からかなり酔っていただろ？　そしておまけに寝不足だっていうじゃないか。なあ、おかしくないか？　お前には明日中に描かなければいけない仕事があるって言っていたんだろ？　ならばあんなになるまで酒なんか飲むはずはないよ」

「ん、偲ぶ会に行きたくなかったから、とっさに嘘をついたなと僕もあの時思った」

「そう、でもお前の話だけでは俊介の死を信じることが出来なかった」

「ん、だから最初は来るつもりはなかったのだけれど来た」

「そう、そういうことだよ」

二人は下を向いてまたしばらく黙り込んだが口を開いたのは知也のほうだった。

「昨日話の途中で僕が谷口の様子を見に行ったのは、来た時からあいつは尋常ではない酷い酔い方をしていたので何だか心配になったからなんだ」

「布団を運んでやったりしてかなり気にかけていたものな」

「ん、だから谷口の様子を見に行ったのだが、熟睡しているものと思っていたあいつは実は起きて僕たちの話を、どこいら辺りからかは分からないが確かに聞いていたんだよ」

「えっ？　様子を見に行った時、お前は熟睡しているって言っていたじゃないか」

知也は、隣の部屋に足を踏み入れた時に靴下にしみ込んだ液体の話をする。

「恭一は我々がいる部屋の境まで来て腹ばいの姿勢で僕たちの話を聞いていたようなんだ。これから俊介が世界に羽ばたくという話を全部…それでなければ部屋の境目のあの床板があんなに濡れている訳がないんだよ」

「……」

「あいつが皆の話を聞いてやっと俊介の死が本当だったと確認できて腹の中で快哉を叫んでいたのだとすれば、僕たちが話していた《国際的アーチストの津田俊介》などとうてい受け入れられる訳がないだろう？」

「あゝ」

「僕は気掛かりなんだ。谷口は何をしでかすか分からない、その危うさだけはお前も心に留めておいてくれよ」

知也は切なげにそう言うと流れていく外の景色に目をやった。


蛇口を閉めた彼の目に右手首までの皮膚が痛々しいほどに赤く見える。だがその赤さは十二月の長時間の冷水によるかけ流しのせいで火傷自体はたいしたことはなさそうだ。

「狂ってる！」

彼は右手をタオルで拭きながら到底受け入れられないことだと呟く。

その時彼は気にもしていなかったあることを突如思い出した。偲ぶ会の翌日、飲み過ぎと寝不足で五人は酷い状態だったが、それでも俊介のアパートを揃って出ると駅の近くで朝食をとろうということになった。夜は居酒屋だが朝と昼は食堂になるというその店で五人は同じ定食を頼んだのだがしきりにポケットを探っていた恭一が素っ頓狂な声を上げた。

「いけね！　俺、スマホ忘れてきたみたいだ」

「えっ、俊介のアパートにか？」

「寝ていたあの部屋に落としたのかな。布団を部屋の隅に運んだりしている時に何かのはずみで落としてしまったのかもしれない」

遠山はコートのポケットから鍵束を取り出すとその中の一つを抜き取り恭一に渡した。十五分後に息を弾ませながら戻って来た恭一は「思った通りだった。やはり布団のところに落ちていたよ」とスマホを持った手をヒラヒラさせると飛び切りの笑顔を見せた。

山口知也の言う通り、恭一が我々の話を全部聞いて俊介に対する怒りが頂点に達していたのだとしたらあの時の恭一のあの爽やかな笑顔はいったいなんだったのだろう。だが恭一があの時俊介のアパートに戻り、放火をするために窓の鍵を一か所外したのだとしたらあの時の彼のあの底抜けに明るい笑顔の説明も納得がいく。

しかし彼はまだ残っている明日からの作業を思い出しとにかく今は眠ろうと思い立つ。彼が部屋の真ん中に投げ出した寝具を持ち上げると床板を焦がした火は完全に消えたようで床板と布団に当てた彼の手には張り詰めた冷気が伝わってくるだけだった。

巡回展が始まるまでは、私がここに泊まらなくてはいけないな、そう思いながら焦げ臭い布団にもぐりこんだ彼は目を閉じエビのように体を丸め睡魔が訪れるのを静かに待った。翌朝、彼は迷ったもののその放火未遂事件を管轄の警察に届けることにした。

一カ月前の朝、由宇子は前夜遅くに遠山から電話があったということを受験勉強中だった美菜から聞いたがさほど気にも留めなかった。そして恭一が夕方近くになってやっとリビングに顔を出した時も毎度のことなのでさして気にもせず夕食の支度をしているその手を休めることもしなかった。ただその時彼女の心に引っかかったことといえば、彼がかなりのアルコールを飲んでいることと両手の爪の間に色とりどりの絵具が入り込み、顔や首筋そしてセーターにまで絵具が飛び散っていたことだ。

結婚して長い年月が経つが、その間恭一は一度としてアクションペインティングの作品を制作したことなどはない。ならば爪の間に絵具が入り顔や服にも飛び散るほどに絵具を烈しく叩きつけなければならないどんな気持ちの昂ぶりが彼にあったのだろうかと由宇子は横目で夫の浮腫(むく)んだ顔を盗み見る。

「これから偲ぶ会に行ってくる」

そう言ったものの恭一は由宇子の顔は見ない。

「どなたかお亡くなりになったのですか？」

ゆでたジャガイモの皮を剥いていた彼女はその手を止めると彼の目を覗き込む。

「津田が死んだ。ドイツで多重事故に巻き込まれて焼死したそうだ」

「津田さん？　津田さんてあの津田さん？」

ジャガイモを持ったまま由宇子は恭一に真っ直ぐ向き合った。

「あ、あの津田だ」

真夜中に美菜がとった遠山からの電話は津田の死を知らせる電話だったのだ。

「夜中に遠山から連絡があったんだ。あいつの情報だからこれは確かなことだと思う」

恭一が虚空に視線を彷徨わせた由宇子に目をやると、こらえるように目を閉じた由宇子の体が小刻みに震えている。そのうち立っているのも耐えられなくなったのか彼女がその場にしゃがみ込むと持っていたジャガイモがその手から滑り落ちた。床に手をつき大きく体を震わせている妻を見ながら恭一は手を差し伸べるでもなくかすかに唇を歪めた。

「風呂に入る」

恭一はそれだけ言うと風呂場に向かった。

津田俊介の死を事実として到底受け入れることなどできるはずもない由宇子は、それでもどうにか立ち上がると着替えの下着を持ってバスルームに向かった。脱衣所の扉に手をかけた時彼女の耳に押し殺してはいたが恭一の鼻歌が聞こえてきた。恭一が好きなジャズ「テイクファイブ」はしばらく続いていたがふいにそれは「ローマの秋」に変わった。彼女の全身には鳥肌が立ち、眩暈を感じた彼女はその場に立ち竦んだまま身動きも出来ない。と、次の瞬間浴槽の湯をくみ出す連続音に鼻歌はかき消され聞こえなくなった。そしてまた勢いよく湯をくみ出す音が始まったので由宇子は慌てて下着を置くとそっとその場を離れた。

津田俊介の偲ぶ会に出掛けた恭一が自宅に帰ってきたのは翌日暗くなってからだったが腫れぼったい目をした由宇子は目を伏せたまま恭一を迎える。しかし恭一は由宇子から顔を背けたまま何も言わずにアトリエに入ってしまった。無理だとは思いながらも、由宇子は今俊介の最期を切実に知りたいと思っている。どういう風に事故に遭ってどのような最期だったのか、そして何か言い残したことはなかったのか。しかし恭一の口からそれらのことを聞き出すのは到底叶わぬことに思われた。

もともと感情の起伏の激しいところが恭一にはあった。しかし俊介の偲ぶ会に行ってからの彼は今まで以上に躁と鬱を繰り返す頻度が多くなり、三人の子どもたちも父親の数時間ごとに変わる機嫌に怖がるようになり近づこうとしなくなっている。しかしその時はまだ絵は描いていたし、連日の夜遊びがなくなることもなかった。そしてかなり前から夫が誰とどこで何をしていようと、由宇子にとってはたいして興味あることでもなくなっている。育ち盛りの三人の子どもたちに振り回される慌ただしい充実した毎日が私にはあるのだから、どんなにつらい状況になっても私は耐えていかれると由宇子は考えるようになっていた。

恭一の感情の揺れ動きはますます激しくなり、最近では昼夜を問わず独り言が多くなってきている。そう、確かに兆候はあったのだと由宇子は考える。

夢の中で哄笑（こうしょう）する誰かの声が聞こえていた。アーハッハ、アーハッハ……アーハッハ、笑い声は尾を引きいつまでも続いている。恭一の狂気の兆候をひとつひとつ数えながらいつの間にか寝入ってしまった由宇子は暗闇に目覚めるとその哄笑が夢ではなく紛れもない現実のものだと知った。

「アーハッハ、アーハッハ……アーハッハ」

ベッドから跳ね起きた彼女は、その笑い声が恭一のアトリエから紛れもなく聞こえていると確信した。彼女は恭一の中に狂気を見た一カ月前から、いつ何が起きてもおかしくないと覚悟を決めて、寝る時も決して寝巻に着替えることはしなくなっている。跳ね起きた彼女は枕元に置いてあるコートに手を通すと急いで寝室のドアを開け、廊下の突き当りの暗闇を隙（すき）見（み）してみる。すると遠くに見えるアトリエの扉の隙間から小さな炎がかすかに這い出しているのが見えた。

「アーハッハ、アーハッハ…燃えろー、燃えろー、全部燃えろ！　燃えてしまえー、あゝ、俺が燃える、俺が消えていく。アーハッハ、アーハッハ、ざまあみやがれ、俺の埋葬だ、俺が消えていく、アーハッハ、アーハッハ」

恭一の引きつった笑い声が暗闇にこだまする。

「起きなさい！　みんな、早く起きて！」

由宇子は熟睡している小学校六年の僚子の頬を平手打ちで叩き起こすと寝巻の上からコートを素早く着せた。そして一カ月前から枕元に置くようになった貴重品を入れたショルダーバックを首から斜めに掛けさせると美菜のほうに押し出す。次に夢うつつの末っ子の潤を抱き上げげその腕をしっかり首に巻き付かせると一目散に玄関に向かって走り出した。

すでにアトリエから躍り出た火の手は廊下の天井に移っている。先を走っていた美菜が玄関の戸を大きく開けて母親が来るのを待っている。

「美菜、もっと遠くまで走って！」

燃え盛る背後の建物から恭一のギャーという悲鳴がかすかに聞こえたような気がして由宇子は体を反転させたのと同時に建物が大きく揺らいで崩れ落ちた。彼女は恐怖に顔を引きつらせた三人の子どもたちを抱き寄せると目の前の燃え上がる炎をただじっと見つめていた。

年が明け六月三日から始まる『津田俊介の世界』展の準備のための慌ただしい遠山の新年は始まった。

巡回展に出す作品は最終的にはドイツから戻ってくる作品も含めて二百点前後に絞らなければならないだろう。そして画集制作用の写真もそれに追加して選ぶ必要があった。確かに自動車事故という衝撃的な亡くなり方をした異才の個展というだけで今回の展覧会は十分な話題性があったし、テレビや新聞も大々的に取り上げるだろうから展覧会が盛況になるのは間違いないはずだ。しかしよりいっそう充実した個展にするためには俊介の画集を刊行することも同時にした方が良いと彼が考えたのは至極当然のことだ。今慌ててやらなくてもいずれ彼の画集は発刊されるのは間違いないことだろうが世に津田俊介の名前を知らしめるためには展覧会と同時に画集を作成するべきだと彼は考える。少々金銭的な負担を自分がこうむったとしても、俊介のためにやはりそれはやっておくべきことだと彼は思う。

「今度の展覧会はあなたと津田さんの初めての共同作業なのよ」

遠山から相談を受けた妻のみどりはおおらかに笑って見せると画集を作るためにはありったけのお金を出してもいいとさえ言ってくれる。

そして六月三日初夏の晴れ渡ったその日、東京・晴海美術館で『津田俊介の世界』展が始まった。

前年の暮、火災で焼死した《現代のモジリアーニ》こと谷口恭一の死は、彼の女性ファンを大いに悲しませもしたが、その谷口と関わりがある画家で衝撃的な死を遂げた津田俊介の作品が全国の美術館を巡回するというニュースは、谷口ロスの女性たちの閉ざされていた心に思いがけない風を吹き込んだ。谷口の女性ファンたちは瞬く間に息を吹き返し、彼女たちは津田俊介の展覧会々場に殺到し、通常ならそのような場所では考えられない脂粉の香りが会場に充満し会場は一種異様な雰囲気になっている。遠山は自分が企画・構成した『津田俊介の世界』展が彼女たちによって汚（けが）される気もするが、集客力がすべての美術館側は大いに喜んでいるようだ。

広い展覧会々場の真ん中あたりの一室に立った谷口由宇子は膨大な数の俊介の作品に触れ、今更ながら彼の無限の才能を見た思いがしているが、その心の昂ぶりのせいか彼女の顔はいくぶん上気しているように見える。このようなすばらしい展覧会になったことは、画家としての俊介を知り尽くしている遠山が作品をセレクトし最も良い形で展示した彼の功績によるところも大きいだろう。

彼女はすでに二時間も会場にいるのだが、俊介の作品は何度見て回っても飽きることがない。もう一度会場を回ろうと踵を返した時、由宇子の近距離を遠山が足早に横切る。

「遠山さん」

忙しそうな彼にひと言だけお祝いを言うつもりの彼女は彼を呼び止めた。谷口が亡くなってから半年、久しぶりに見た彼女に遠山は突然込み上げてきた感情を抑えきれず目を瞬(しばたた)かせる。そして腕時計を見るとあまりゆっくりは出来ないのだがと言いながらも、館内の地下にある静かな喫茶室に彼女を誘った。

「少しは落ち着かれましたか?」

「ええ、どうにか落ち着きました。その節はいろいろとお世話になり有難うございました」

「イヤー、我々も津田があんな死に方をした後、後を追うように谷口がまたあのような形で亡くなったので気が動転してしまい行き届かないことばかりで済みませんでした」

「いいえ、あの後、後片付けにもいらしてくださいまして本当に有難うございました」

「本当になにもかもが燃えてしまったのですよね」

「ええ、でも中途半端に燃えるより、何もかも燃えるのはいっそさっぱりするものですわ」

遠山は由宇子のさばさばしたその顔が決して無理をしているものではないのが分かり、彼女のこの潔(いさぎよ)さは何なのだろうかと不思議な気持ちがしている。

「類焼がなかったのがせめてもの救いでしたがあそこには居づらくなって新年早々茨城の奥に引っ越しましたの。今考えればあのような広い家は私たちには必要なかったのですわ」

「そうでしたか」

「ねっ、遠山さん?」

つらそうに唇を歪めて俯く遠山に由宇子はことさら屈託ない声をかける。

「あの時皆様には谷口の死因を失火による事故死だと申し上げましたが、実は谷口が自殺のために放火したと私は思っていますのよ」

こんな恐ろしいことをさらりと言ってのける目の前のあどけない笑顔を見せている由宇子を遠山は凝視する。しかし俊介のアトリエへの放火未遂は谷口の仕業だと思っている遠山にすれば、恭一の焼死をただの事故死とは思えない部分もあり、由宇子の言葉を否定できないまま彼は由宇子を見つめる。

「遠山さんはとっくに気付いていらっしゃったのでしょ？　谷口の狂気を」

返事の代わりに遠山は由宇子から目を逸らした。

「谷口は渋谷の研究所で津田さんに出会った時からずっと津田さんだけを見つめて生きてきたのだと思います。いいえ、見つめるなどという綺麗ごとではなく谷口は津田さんを美術界から引きずり下ろすためだけに生きてきたと言った方がいいでしょうね。でも名誉欲、権力欲それに金銭欲さえまったくない津田さんに谷口が敵うはずなど最初からなかったのです。そう、津田さんの唯一の欲は画家として世界に通用する作品を作る、ただそれだけだったのですもの。でもその欲望こそが画家としては最も強烈な欲望だということなのですよね。だから結局誰よりも一番貪欲だったのは津田さんだったといってもいいかもしれない」

　俊介が詰らない欲望に振り回されるごくごく普通の絵描きであったならば、谷口の人生もたぶんずっと安らかなものになっていたのだろう。しかしよりによって津田俊介という規格外れの画家と知り合ってしまったばっかりに、一生を棒に振らざるを得なかった谷口という男の不幸を遠山は思いやった。

「津田さんの偲ぶ会がありましたでしょ？　偲ぶ会から戻った日から谷口が心の中に孕(はら)んでいた狂気が噴き出したようなのです。津田さんが亡くなって谷口を抑圧するアーチストは誰もいなくなったはずなのに、なぜか谷口は自分の心に津田さんをよみがえらせなおも果てしない戦いをするために自分を追い込んでいったのです。可哀想な人、憐憫(れんびん)の思いで私は谷口を見ておりました」

「……」

「谷口が亡くなる数日前、そう、東京にこの冬初めて雪が降った日のことでした。谷口が何か揮発性の匂いをさせた上に前髪を焦がして真夜中に帰ってきたことがありました。そうです、あの日は谷口の中の狂気が一気に弾けた日だったに違いありません」

「……」

「翌日の夕刊に北千住のめぐみ荘、そう、津田さんの住んでいたあのアパートに放火未遂事件があったという記事が載っていました。記事には津田俊介という画家が住んでいたそのアパートには多くの彼の作品が置いてあったが燃えることはなかったとありました。小さな記事で私もうっかり見落とすところでしたが、その記事を見た時私には前日の谷口の異様な行動がやっと腑に落ちました」

「そうでしたか」

「その日から谷口はいっさい筆を持たなくなったばかりか、意味不明なことを呟いたり突然暴力を振るったりするようになったのです」

去年のあの雪の降った夜、俊介のアパートに火のついた新聞紙を投げ込んだのはやはり谷口だったのだと遠山は確信せざるを得なかった。

「その夜のことそしてそれから十日あとの自宅の火災、この二つは何らかの関係があると私は思っているのです。谷口のやりそうなこと。でも津田さんの作品が一つも欠けることなく無事で…、そしてこんなに立派な展覧会を開くことが出来て本当に良かったですわ」

そう呟くと由宇子は小さく鼻をすすった。

この人は何もかも分かっているのだ、遠山は眩しそうに由宇子を見ると小さく頷いた。

「あの時谷口は、アーハッハ、アーハッハ、燃えろ、燃えろ、全部燃えろ！ 燃えてしまえー、あゝ、俺が燃える、俺が消えていく。アーハッハ、アーハッハ、ざまあみやがれ、俺が消えていく、俺の埋葬だって燃え盛るあの炎の中で笑い続けていました」

「埋葬…」

「ええ、埋葬です」

「そうですか」

「津田さんの作品を焼失させることに失敗した時、谷口にはもう自分が消滅する以外に選択肢は無くなってしまったのでしょうね。だから自分の作品はむろんのこと自分自身さえも抹殺しようとしたのでしょうね」

　由宇子は重荷から解き放たれたような涼やかな目をして遠山を見つめる。

「本当にきれいさっぱり何もかも燃えてしまいましたが、あそこを売って茨城の小さな一軒家に移ってもありがたいことに手元にはなにがしかが残りました。親子四人贅沢をしなければそれで何とかこれからもやっていかれそうです」

　屈託なく笑うと由宇子は静かに立ち上がった。もうこの人とも会うことはないかもしれないと思いながら遠山も椅子を引く。

「ねっ、遠山さん。この頃谷口と津田さんが夢に出てきてしきりに私にけしかけるんですのよ。闘え、狂え、のた打ち回れって」

「はっ？」

　遠山の目をしっかり捉(とら)えた由宇子は歌うように言う。

「ですから私、昨日は徹夜で大作用のキャンバスを十三枚も張りましたの」

「はっ？」

唐突な由宇子の言葉に遠山は目を瞬(しばた)かせる。

「いや、それはそれは…何というか…凄いですね」

遠山は引きつった声を出す。

「だから両手にこんなにマメが…」

由宇子は得意そうに両手を広げて見せると、少し顔をのけ反らせ艶然(えんぜん)と微笑んだ。

「いやぁ、しかしですね、谷口がそう言うのは分かるんですが津田までもがなぜあなたの夢に出てくるのでしょうか？」

遠山は動悸が早くなるのを感じながらやっとそれだけ言う。

「ええ、それは八年前に谷口の代理で津田さんの個展を銀座まで見に行ったのですが、あの時私は津田さんのソウルを確かに受け継いだからなのです」

「はあ、ソウルをねえ」

「アートというものは、テクニックでこぎれいに描くものではない。五感を体内に取り込んで　踵(かかと)までそれを消化させ、そしてそれを吐き出して表現できた時に、そう、その時にこそ初めて見る者にも衝撃と感動を与えられる、それこそが絵画の神髄だと」

小首を傾げあどけない微笑みを見せると、由宇子は遠山に深々と頭を下げた。

徐々に遠ざかっていく由宇子の後姿を見送りながら、彼は彼女の中に谷口の狂気と津田の才気を確かに見たと思った。そして彼は彼女と再会するのもそう遠いことではないだろうと確信した。

白い影

人通りも絶えた雨上がりの銀座、この静寂もむべなるかな。

「何と間の悪いことよ」

谷原久須夫（たにはらくすお）がその言葉を呟くのは朝から何度目になるだろう。世界に蔓延する未曾有のウイルスの脅威に我が国も不承不承ながら外出自粛要請を出さざるを得なくなったのはほんの二日前のことだ。自粛要請が出された丁度その日から開催されている彼の今回の写真展は実に二十年ぶりとなるものでそれは二年前からすでに決まっていたものだ。重篤な心臓疾患を抱え会期中に六十三歳を迎える彼はこの個展を人生最後の個展と位置づけていたので彼に個展を中止するという選択肢があろうはずはなかった。

その時銀座中央通りから地下一階の個展会場へと続く階段を下駄の歯音（はおと）を軽く打ち付ける湿った音と共に誰かが降りてくる気配が伝わってきた。密やかなその音に画廊正面の山内（やまうち）矢衣奈（やいな）の写真に対峙していた久須夫は体を反転させると階段へとつながる廊下を覗き見た。

現れた男は下駄を履き慣れている者の常として足裏を下駄に密着させているのであろう歩く音はほとんどしない。何の変哲もないただの白シャツを色あせた茶色のズボンにねじ込んだだけのなんとも洒落っ気（しゃれっけ）のないその男が青年期のただ中にいるのはその藍染（あいぞ）めのマスクからわずかに覗く艶（つや）やかな肌と爽やかな目元で明確に判断できる。

軽く会釈をして男を迎え入れる形になった久須夫はフル回転で過去の記憶を手繰り寄せそ

の若い男を思い出そうとするものの彼の記憶のいささかにもその男は登場してこないがなぜか彼はその男に言いようのない不思議な懐かしさを感じる。

　このご時世に知り合いでもない男の写真展にどのような料簡でこの男はやってきたのかと訝る彼は有難いと思う反面この男は何者なのかと思う気持ちも湧き上がってくる。

　今回の個展のメインとなる画廊正面の壁面に飾られている写真は、三十年前ただの商業カメラマンだった谷原久須夫をプロの写真家へと掬い上げそして彼が世に出るきっかけとなった現代フォトの位置づけを極致まで引き上げたといわれる山内矢衣奈のヌード写真だ。ヌード写真でありながらそれがいわゆるありきたりの写真とは一線を画しているのは当時国内に十四、五社あった大手のカメラメーカーが軸となりその他に大手企業三十数社が協賛する形で全国の精鋭写真家を大々的に発掘することを謳った肝いりの現代写真公募展で名誉あるグランプリを勝ち取った作品だからだ。

　広い会場の右側の壁面に添ってテーマごとに「女神」「怒濤」「新生」「不知火」と名付けられた会場はプロの写真家としての彼の三十年の足跡を余すところなく伝えている。

　緊張気味の様子を見せていた男の表情が「女神」と書かれたコーナーを歩き始めるといくぶん柔らかくなったのがマスク越しにも分かったがそれと同時に斜め後ろを歩く久須夫を振り返った男は薄い笑顔を見せながら年長者のような口調で彼を揶揄する。

「作家先生、よもや女の気持ちが今も別れた時のままだなどとは思っちゃあいませんよね」

目の前には全倍（60㎝×90㎝）大のヌードの矢衣奈が射抜くように二人を見つめている。

「女は来やしませんよ」

五十歳を過ぎてから度々身勝手な振る舞いをするようになった彼の心臓はいま男の容赦（ようしゃ）ない指摘に不規則に脈打ち始めている。


彼が山内矢衣奈と始めて出会ったのは銀座の裏通りにある名画座の前のことで、上映中のスチール写真に彼女が見入っていた三十年前のたそがれ時のことだ。当時フリーランスのカメラマンだった彼はその黒目がちの若い女があどけない少女のようでありながら気怠（けだる）い大人の色気と同時に何とも自堕落な面も併せ持ちまた感情を抑制した修道女の雰囲気も漂わせているのを瞬時に見てとった。と、その時写真家としての彼の直感が強烈に反応した。

女から発散される独特な色香に圧倒された彼は女の周囲をさりげなく巡りながら架空の脳内シャッターを押し続けていた。映画館に入ることを迷っていたその女は結局映画を見ることは中止したのかその場を離れると表通りへと歩き出した。その後をしばらくつけていた彼は昂（たかぶ）った己の感情を制御できずにその女・山内矢衣奈の腕をつかむといきなりモデル依頼の交渉を始めたのだ。

それから四カ月、現代フォトコンクールで矢衣奈をモデルにした作品でグランプリを勝ち取ったあと彼は憑き物が落ちたように彼女への興味をすっかり無くしてしまっていた。

狂おしいまでに彼女に向かっていた彼の熱量をそぞろにさせるその第一の要因は彼とある女性実業家との出会いだが現代フォトコンクールでグランプリを取った彼の作品をその女性実業家はいたく気に入り彼の未知なる才能を開花させるためのスポンサーになることを申し出たのだ。というより六十歳を過ぎたその女性実業家は若くて才能があり容姿も申し分ない彼を自分のそばに置いておきたいという欲求に駆られたのかもしれない。女性実業家の明示する、莫大な財力の譲渡は確かに彼にとっては何物にも代えがたい魅力に違いなかった。

矢衣奈は久須夫の心の変化を敏感に感じ取っている。

「ねえ、私を置いてどこかへ行こうなんて思っている?」

彼女はむき出しになった久須夫の肩を甘噛みしながら囁く。矢衣奈の見開いた大きな瞳からビロードを伝う水滴のように涙が流れ落ちるのを彼は黙って見つめていた。

「ねえ、約束して。今から三十年後の二千二十年、久須夫の誕生日のそう四月二十一日の夕方に初めて会った銀座のあの映画館の前で私待っているわ。忘れないで必ず来てね」

彼女は男のしなやかな肩に人差し指の爪を軽く移動させながら呟く。二千二十年がその時から何年後のことになるのかを素早く計算した彼は驚きの声を上げる。

「そうよ、久須夫はその時六十三歳そして私は五十二歳だわ」

矢衣奈は中年になった二人が疲れた顔で再会した場面を想像したのか小さく笑った。

ひとわたり会場を回った男は矢衣奈の写真の前に戻ってくるといま一度断言する。

「女は来やしませんよ」

そして矢衣奈と対峙する形でソファーに座った男は笑いながら一つの提案をする。

「どうでしょう、誰も来ないこのような日にはひとりの女に振り回されて一生を終えた、先生にも似た私の知り合いの男の話を聞くのも退屈しのぎになろうというものですが…」

久須夫に聞かせるというよりも親しい人の無様な半生を確認するかのように男は口を開く。

「そう、あれは田宮倫三郎（たみやりんさぶろう）というその男が二十二歳になって間もない昭和十二年のことです」

「昭和？　えっ、昭和十二年？　いったいそれは何年前の話ですか？」

「いや、我々にはかなり年の開きはあったのですが理解しあえる友人には違いありません」

目の前の二十代とも思える若い男と昭和十二年にはすでに二十二歳だった田宮某との開き過ぎた年齢での繋がりがどうにも理解できないまま彼は男の話に耳を傾けることにした。

昭和十二年、一月半ばの凍雨（とうう）の降り続く寒い朝、七三（しちさん）に分けた髪に結城紬（ゆうきつむぎ）の袷（あわせ）にとんびコートをまとったまだ少年の初々しさを残した二十二歳の田宮倫三郎が静岡から東京の、それも滝野川区（現北区）田端というよりによってそのような田舎町までわざわざやって来たのも、古本屋のあのおやじが彼に囁いたあのひと言のせいだったかもしれない。

　旧臘の木枯らしが吹くその日の午後、倫三郎はすっかり馴染になっている静岡市本町裏町（現葵区）の古本屋に散歩の途中で寄ってみたのも数年来すっかり心酔している本田京風の本が新たに入荷しているかを確かめるためだ。彼は本田京風の物書きとしてのいわゆる哲学的ともいえる文体に心惹かれ彼の作品ならどのような物でも目を通したいと思っている。

　その日は嬉しいことに京風の本が二冊入荷したようで、その本は一番目につく棚に並べられている。彼が逸る気持ちでまず手にしたのは京風の得意とする文体で書かれた「森林の形象」というかなり前に出版されたものでそれは彼が何とかして手に入れたいと思っていたもののなかなか遭遇出来ないでいた本だ。そしてもう一冊は彼がまだ読んではいない「少女と入れ墨」という京風の新しいジャンルのものでそれは京風が数年前から好んで書き始めているいわゆる耽美派というジャンルに区分されるものだ。

　店には一人の客もおらず三和土の土間を歩く彼の下駄の音がやけに響く。二冊の本を小脇に抱えた倫三郎が勘定台に近づいたもののなにやら分厚い本に夢中な店主は彼には気付かないようだ。彼が店主の前にその二冊の本を置くとやっと顔を上げた店主は彼を見ていつものように愛嬌のある笑顔をみせ軽く頭を下げた。しかし店主は目の前に置かれた二冊の本の背表紙を見るや上目遣いに彼を見て意味ありげな笑いを浮かべる。

「《少女と入れ墨》とはね。田宮の坊ちゃんも究極の世界に足を踏み入れてしまったようで」

「えっ？」

「よござんすとも、本田先生のそちら方面のものが入りましたらとり分けておきましょう」

静岡市で五代続く老舗のお茶問屋の三男坊が家業の手伝いもせずに作家のまねごとの放蕩三昧の生活を送っているという噂は狭い町の古本屋の主人の耳にも当然入っているはずだ。

「京風先生の作風が変わったというここ数年の本はまだ一冊も読んではいないのですが、なにやら妖しげな魔の世界に引きずり込まれそうな面白さがあるそうですね」

手にした本を撫でながらおやじがふっふっと笑ったのはごもっともという意味だろうか。

そして彼以外に客などいないのに店主は店内を見回すと彼を手招きしその耳元に囁いた。

「実はね、このような作品を書くに当たって先生は書斎に女を引き入れるんだそうですよ」

店主が何を言っているのか即座に理解できない彼は店主の顔を無表情に見つめていたが店主はなおも彼を手招きする。と、その時ガラガラと乾いた音がして入口の格子戸が開き母子連れが入って来た。と慌てた店主は耳を寄せてきた彼を払いのけるように右手首をひらひらさせ彼を遠ざけるとおつりを本の上に置きあとは彼を無視して目の前の帳簿をつけ始めた。

中途半端で放り出された格好の彼は、これは口外してはいけない話なのかもしれないと判断し本とおつりを手にとった。

「田宮の坊ちゃん、これで坊ちゃんの運命は決まりましたね」

踵を返し帰る気配の彼に顔を上げずに店主は唇だけ動かす。

「えっ？　それはどういう…」彼の問いかけに答えることなく帳簿を閉じた店主は慌てて立ち上がったかと思うとそそくさと奥の部屋に引っ込んでしまった。

彼は本田京風の読者の思考の窓を開けさせるようなあの哲学的な文体を好み、彼自身も作家を志す者として彼に憧憬の念を持っている。同じ日本語という文字を駆使しながら彼の構築する世界は何とも嫋やかでまた豊饒でもある。自分の文章をいつか誰かに見てもらえるのなら本田京風先生以外にはありえないと彼はずっと思い続けてきた。先生の屋敷に書生として住み込むことが無理ならせめて先生の近くに居を構えれば自分の中の作家になるための心構えも違ったものになるかもしれないと彼は以前から漠然と考えていた。漠然としたその考えはあの店主の意味ありげな囁きで背中を押された形になったが、店主のあのひと言を聞かなかったら彼が静岡の田舎町からわざわざ滝野川区・田幡まで出ては来なかったはずだ。

「古本屋のおやじのその思わせぶりな囁きは世間知らずのその二十二歳のボンボンにはさぞ

や強烈な一撃となったでしょうね」

久須夫は自分自身もしがない商業カメラマンから一日も早くプロの写真家と呼ばれるようになりたいと悶々としていた遠い日をある種の懐かしさをもって思い出す。

「確かに作家になりたいと思っていた倫三郎さんの背中をポンと押してくれたのは古本屋の店主だったのは間違いないでしょうね」

背中を押されてしまったのですから、誰も止められやしませんよと若い男は呟く。

前日の夜行列車に乗り込んだ田宮倫三郎が終点の新橋から乗り継いで本田京風の住むこの田端に辿り着いたのは朝の八時を過ぎた頃だ。

当時まだどこの家庭にもあるというものではなかった電話も、飛ぶ鳥を落とす勢いの本田京風の家には当然あっただろうが本田京風とは面識もない彼がいきなり電話を掛けるのはあまりにも不躾な話であるし一方的すぎる。ならば本田京風に会うためには、事前の約束を取りつけず直接本田邸を訪問してしまうのが一番良い方法に違いない。

しかし朝八時過ぎに目的の至近距離にいたとしてもさすがの彼もその時間に見ず知らずの家を訪問する非常識さはない。駅の待合室で一時間近くをやり過ごした彼は待合室の大時計が九時の時報を打ち始めると逸る気持ちを抑えきれずに立ち上がった。手洗い所で用を足すと彼は凍える水でうがいをしてそのついでに手に溜めた水を朝食代わりに三杯飲み込んだ。

雀がせわしなく囀る一月の寒空に結城紬の袷にとんびコートの襟を立てた彼は、中折れ帽の庇を上げると風が吹き続く曇天を見上げる。田端の駅舎前は小さな広場になっているが朝早い雨模様のその日にいきかう人はあまりいない。

田端駅は武蔵野台地と荒川の洪水域に作られたいわゆる崖の中腹という特異な立地に建つ駅でもあるが駅の西南側の高台は武蔵野台地の東北端で駅を挟んだ低地は荒川の洪水域となっている。駅舎を出た目の前の小さな広場の奥のほうに見える小高い丘がたぶん武蔵野台地の東北端なのだろう。その小高い丘の麓から右上方向に緩やかな坂が延びておりそれが高台へと続いている。聞くところによるとその高台を挟んだ向こう側に下りるとそこには大きな集落がありその集落の中でもひときわ立派な屋敷群がありそこに本田邸があるのだという。

小高い丘へ続く長いダラダラ坂にかなりの時間を取られたもののどうにか辿り着いたところはメインの高台通りと呼ばれる大通りで道は右と左に真っすぐ伸びている。その右の道の三つ目の小道の入り口にはそこが向こう側の集落に下りていく道だという立札が立っている。

妻掛けをした右近下駄を履いているとはいえ、少し前から降り出した雨に坂道は濡れ始めその足元を見ながら歩く彼は最大限の注意を払わなければならない。蛇の目傘を差した彼は時々ぬかるみに足を取られながらもどうにか坂道を下りきった。その時丁度向こうからやって来た紳士に本田邸の場所を聞いてみようとしたところ京風はこの辺りでは著名な作家として知られているのだろう、その紳士は本田京風と聞いただけで目的の場所を即答してくれた。

教えられたとおりしばらく道なりに直進していくと道路から数メートル奥まった場所に紳士の言っていた通りの威厳のある純和風の腕木門（うでぎもん）が見えた。袖壁（そでかべ）といったいになった塀は高さを押さえているためか圧迫感は感じられず塀の上には門と同じ瓦（かわら）をのせている。門廻りの敷石は風情のある丹波石（たんばいし）を敷き詰めているが、道路から門へ続く階段は緩い勾配になっていて階段の丹波石の間からは取り残した草が僅かに覗いている。そぼ降る雨は辺りの一切の音を吸い込んでしまったかのようで静寂の中にその屋敷は建っていた。

彼には雨に濡れた腕木門はあまりにも重々しく感じられ、来るものを容赦なく拒んでいるようにも思えてくる。その威厳に圧倒された彼はどうしたものかとしばらく門の前に佇んでいたもののその間に道行く人はひとりとしていない。その時にわかに雨が激しく降り出したので慌てた彼は腕木門の屋根の下に避難してみるが雨の勢いはなかなか収まりそうにない。しかし彼としてもいつまでもそこに立っている訳にもいかないので意を決（けっ）し格子戸に手を掛け横に引いてみる。すると驚いたことにそれはずっしりとした重量と共にゆっくりと左に移動し彼を迎え入れる形になった。急いで蛇の目傘をつぼめた彼は彼一人が通れるだけの幅を確保すると素早く屋敷内に身を滑り込ませ重い格子戸を元のとおりにする。そして玄関に通じる自然石のあられこぼしで作り上げた長い園路を歩き始めた。

玄関前の小庭には、通用口との境に立てた竹穂垣（たけほかき）を背景にさり気なく手水鉢（ちょうずばち）が置いてあるが彼は本田邸に招かれた訳でもないのに、その手水鉢のたたずまいに家人が客を温かく迎えてくれているのだと訳もなく嬉しくなったのだがそれはとんだ思い違いだった。

細い桟（さん）をはめ込んだひのきの玄関の戸を引くと目の前には広々とした土間があり上がり框（あがりがまち）の正面の床の間には大きな投げ込みの花が飾ってある。彼は深呼吸を一つしてから上がり框から左右に走る廊下に忙（せわ）しなく目を走らせ大きな声を出してみる。

「ごめん下さい」

暫くすると左廊下の奥のほうから小さく足早に歩く音がしてきたのであれは女の小さな足が廊下を走ってくる音だと彼は想像する。案の定姿を現したのは秩父縞（ちちぶしま）の着物に身を包んだ小柄な女で、彼女は彼を見ると怪訝そうな顔をしながらも軽く頭を下げてみせる。細面の女のまだ二十代とも思えるその若さから彼は彼女が五十代半ばの本田京風の夫人だとは思いもせずにこの家で働いている奉公人のひとりに違いないと勝手に決めつける。

「実は僕は静岡県在住の田宮倫三郎といいますが先生の書生にしていただきたいと…」

口を一文字に結んだままの女は突っ立ったまま倫三郎を上から下まで見ているだけだ。

「僕は本田先生の熱烈な崇拝者で、はるばる昨夜の夜行列車で静岡からやって来た者です」

深々と頭を下げたままの姿勢で彼は女の返事を待つ。

「それだけ？」

乾いた声に驚いた彼が顔を上げると女は懐手(ふところで)をしたまま不愉快そうに舌打ちをした。

「お帰りなさい。先生は書生を取りませんから」

雇われ者の小娘に何が分かるものかと腹立たしく思いながら彼はなおも食い下がる。

「私は本田の家内です。家内の私が取らないと言っているのですから取らないのです」

女のあまりの若さに彼は本田京風の連れ合いなどとは端(はな)から思いもしなかったので、その女の言い分にただ口を開けたまま何も言えなくなっている。だが瞬時に気を取り直した彼は仁王立ちの夫人を見つめながら膝をつくと上がり框に額をつけいっそう深く頭を下げてみる。

「しつこい人ね。ダメといったらダメなのよ」

突然の訪問客の厚かましい依頼に本田京風の家内だというその女は、最初は適当にあしらっていたもののそのうち彼のあまりの執拗さにあきれ果てたのかものすごい剣幕で怒鳴り始めた。やがて押し問答に疲れ果てた彼はここのところはおとなしく引き下がろうと決める。

降り続く雨の中をぶざまに濡れたままの彼はいったん田端駅に戻り、憔悴した気持ちで待合室に入ると三時間ほどをやり過ごした。そして再び決意を新たにした彼は雨の中を本田邸に向かったのだか雨はますます降り続くばかりで行き交う人もないばかりか本田邸の正門も固く閉ざされている。彼が正門に取り付けられている潜り戸（くぐりど）を試しに少し押してみるとそこは思いもよらず簡単に開いたので素早く体を滑り込ませた彼は雨に濡れた踏み石を伝って玄関に向かった。玄関戸に手を掛けようとした時かすかに白檀のお香の香りが玄関の隙間から漂ってきたが中からは鍵が掛けられているらしく玄関戸は開かない。

　数時間前の本田夫人のあの形相を思い出し彼の気持ちはいよいよ沈んでくるが、何とか気持ちを奮い立たせた彼は玄関戸を軽く叩いてみる。しかし中からの応答はなく彼が二度三度と叩き続けてみるものの何の返事もない。この激しい雨音で玄関先での物音が聞こえないのかもしれないと思った彼は建物の裏側の勝手口なら開いているかもしれないと思い直し横殴りの雨を避けながら裏手に廻ってみると案の定勝手口は施錠されてはおらず雨で重たくなった扉は難なく開いた。そこにはこぢんまりとした土間がありそこから一段高くなった広い板の間はどうやらこの屋敷の食を賄う（まかなう）台所のようだ。四方の壁際に据え付けられた食器棚には由緒ありそうな大量の器が整然と収められ、磨き上げられた台所には人け（ひとけ）はなく勝手口から勢いよく入ってきた風が台所と廊下との境の暖簾（のれん）を巻き上げる。勝手口の扉を閉めた彼は台所に漂うひんやりとした空気を吸い込むと昂っている気持ちを落ち着かせる。

「ごめん下さい」

　屋敷の奥に向かって大声を上げた彼はそのままの態勢でしばらく待ってみる。ややあって廊下をパタパタと走る音がしたかと思うと突き当りの廊下の奥から年かさの女が小走りでやってきた。女は勝手口に立っている彼を見て驚いたような丸い目をするが年かさのその女こそ間違いなくこの本田邸で働いている女中であろうと彼は確信する。

「僕は田宮倫三郎と言いますが本田先生にお目にかかりたく静岡からやってきた者です」

その女は北国の出身なのか色白の無表情な顔で黙ったまま頷くと来た時と同じように慌ただしく屋敷の奥に消えてしまった。それからかなり長い時間が経ったというのにどうしたことか本田夫人どころか先ほどの女さえも現れない。静寂だけが屋敷を支配しているように思えるものの、屋敷の奥のほうから時々サワサワという衣擦(きぬず)れとも思える音がかすかに聞こえてくる。さすがに業を煮やした彼は先ほどよりさらに大きくもう一度奥へ声を掛けてみるが余程広い屋敷なのか静まり返った屋敷に彼の声だけが反響して先ほどまでかすかにしていた衣擦れの音も収まっている。その時暖簾の奥を一直線に走る廊下の先からゆったりと白檀の香りと共に現れたのは先刻の年かさの女ではなく、午前中の訪問時に上がり框に立ったまま口ぎたなく彼を罵(ののし)ったあの切れ長の目をした本田夫人だった。

直立不動になった彼はこの人とまた先ほどと同じ罵り合いを繰り返さなければいけないのかといささかうんざりした気持ちになってくる。

「先生に会わせてください。お願いします」

またしても彼は膝を折ると上がり框すれすれに頭を下げる。当然の結果として午前中と同じ罵詈雑言（ばりぞうごん）がシャワーのように頭の上に落ちてくるものだと思っていた彼は俯いたまま目を固く瞑（つむ）ってその時をじっと待つ。しかしいくら経っても目の前に立つ本田夫人からは何の反応もなくかえって不安を感じた彼が閉じていた瞼を薄く開けると目の前には本田夫人の艶やかな白い素足が寒さに震えている。板張りの廊下の冷たさが素足にこたえるのか、彼女の左足の第一指が右足の第一指を愛撫しているが着物からかすかに覗くふくらはぎまでもが寒さのためか異様な白さになっている。一月のこの寒い日になぜ本田夫人は帯もしない着物姿でその上足袋（たび）も履かずに素足でいるのだろうと思いながらそろそろと顔を上げた彼は無表情な本田夫人を見上げる。彼女は先ほどの取り付く島もない剣幕とは打って変わって、焦点の定まらぬ目で彼を見ているだけでひと言も話そうとはしない。彼女の虚ろな瞳はあらぬ方を見ているばかりかその格好ときたら袷（あわせ）の着物の前を両手でかき合わせただけの何ともしどけないものでそれは何者かから逃れるために慌てて近くにあったものを纏（まと）っただけのようにも見え胸も大きくはだけている。彼は目の前のその状況が飲み込めず、本田夫人に何が起こっているのだろうかと戸惑うばかりだが混乱したそのような思考の中にあっても彼は何としても本田京風に会わなければならないのだと自らを鼓舞（こぶ）し続ける。

その時悲鳴のような声と共に奥から荒々しい足音が近付いて来た。

「こんなところに…風邪を引いたら大変ですよ。さぁ、あちらの温かい所へいきましょう」

勝手口で先ほど応対してくれた年かさの女が、夢遊病者の様相の本田夫人を背後から抱え込むと夫人は体を捩(よじ)ってかすかな抵抗をして見せる。しかし夫人は年配の女の力強さに搦(から)めとられたまま出てきた廊下をゆっくりと歩き奥へと消えてしまった。

「お願いです！　頼みます、本田先生に会わせて下さい」

一連の出来事をただ見ていることしか出来なかった彼は二人の姿が見えなくなった時点でやっと我に返ると二人を追いかけるように大声を出してみる。しかし屋敷の中はまた元の静寂に戻り彼がいくら叫んでみても屋敷全体が身を潜めてまるで彼に関わらないようにしているようだ。何が起こったのか理解できないままに彼はまたしても雨の中を田端駅に取って返すより仕方がなかった。

「それにしても二十二歳の若い倫三郎さんにとってそんな刺激的な光景が目の前に繰り広げられたのだからさぞ驚いたでしょうね」

久須夫は若い倫三郎の驚いた様子を想像したのか声を出して笑う。

「いや、その時すでに彼は色街でひととおり遊びも経験していたのでさして驚くことでもなかったようですがそれより一回目の訪問時とあまりにも違う本田夫人には驚いたようです」

遊びを知り尽くしたお茶問屋の三男坊は滅多（めった）なことでは驚きはしないと男は密やかに笑う。

田端駅のくずおれそうな待合室の板戸を倫三郎が引くと、勢いよく吹き込んだ凍（こお）れる風がだるまストーブの炎を大きく揺らした。次の列車を待っているのか母親と少年の親子と思（おぼ）しき二人がストーブの前のベンチに座ってみかんを食べている。彼は親子と反対側のベンチに体を投げ出すように座ると雨に濡れて冷え切った体を一刻も早く温めようと無理矢理体を震わせてみる。体を震わせたまま足に張り付いていた足袋を引き剥がすと固く絞りストーブの周囲を囲む金網の柵に吊り下げた。そうこうしているうちにいくらか体が温まってきたと思えるのも粗末な板塀の待合室でも一月の寒風を申し訳程度には遮っているせいに違いない。

壁にもたれ目を瞑（つむ）った彼は一向に降り止まない雨音に耳を澄ます。パチッという薪のはぜる音が時々するだけの待合室が心休まる現実の場所であるからこそ、彼はほんの三十分前に本田邸の勝手口で見たあの禍々（まがまが）しい光景がまだ現実のものだとはとても思えないでいた。

本田京風の書生になるためにわざわざ静岡から出てきたというのに、たった二度の門前払いでおめおめと静岡に帰る訳にはいかない、本田京風に会えるまではあの屋敷に何度でも押し掛けてやるんだと思い直した彼はベンチに深く座り直すと固く目を閉じた。

弾ける笑い声と足元から這い上がって来る冷気とで彼は目を覚ました。

（あゝ、そうだった。ここは田端の駅舎の待合室だったんだ）

大きく身を震わせた倫三郎はとんびコートの襟をいっそう高く立てると辺りを見回す。目の前のだるまストーブの薪がはぜると一瞬火の勢いが強くなった。あれこれと考えているうちに彼はいつの間にか寝入ってしまったようだが周りの顔ぶれは先ほどとすっかり入れ変わっている。出稼ぎの人たちだろうか、大きな荷物をベンチや足元に置いた中年の男女が東北なまりの会話をはずませながら遅い昼食をとっているようだ。

ストーブの金網に吊り下げた彼の紺の足袋はほとんど乾いているようで彼の冷えた足を包む足袋の暖かさはありがたい。しかし妻掛けをした右近下駄は、雨道の往復で水分を十分に吸ったためか彼の足には重たく感じられる。

彼が待合室の柱時計を見上げると針はすでに三時四十分を過ぎている。朝から何も口にしていないにもかかわらず彼は少しの空腹も感じない。僅かなまどろみは彼の若い体を活性化させ今一度雨の中を本田邸に出掛けようと気持ちが逸（はや）る。

文字通りの寒さも手伝ってか彼は武者震いを繰り返すと勢いよく立ち上がり湿気を吸って重くなった待合室の引き戸を引いた。雨混じりの寒風が思いもかけない勢いで吹き込んできたので彼はいま一度大げさに身震いをしてみせる。そして右手に蛇の目傘をそして左手の信玄袋（げんぶくろ）を強く抱え込むと彼は不安定な空模様の歩道へと踏み出した。

まだ四時前だというのにその日の天候のためか道の両脇の民家は例外なく明かりが灯っている。ぬかるみに足を取られないように歩幅を小さくそしてゆっくり歩くが裏底にゴムが貼ってあるとはいえ右近下駄での雨の坂道は難儀（なんぎ）を極める。差していた蛇の目傘をたたむと彼はそれを杖代わりにしていっそう注意深く歩き始めたものの途中で何度も雨だまりに足を取られせっかく乾かした足袋も今は無残なものだ。彼は右近下駄を足から外すと足袋を脱ぎその素足をびしょ濡れの道に下ろした。ヒヤッとした感覚が足元から這い上がるが濡れた足袋の不快な感触が無くなり、ずっと歩きやすくなっている。

雨で黒褐色になった民家の屋根の連なりが横一面に見えたことで、間もなく際限なく続いていた坂道は終わり平地が近いことが分かる。坂道を下り切った丁度そこに権現神社が建っていたことを思い出した彼の歩みは自然と緩（ゆる）やかになっている。京風に会えることを今は神にでも仏にでも祈りたい心境の彼はその神社が何を祀（まつ）っているのか分からないままに大鳥居（おおとりい）の前で頭（こうべ）をたれると静かに手を合わせた。

やがて遠くに本田邸の威厳のある腕木門が見えてきたので彼は信玄袋から右近下駄を取り出すと素足にそれをつっかけそして捲り上げた着物の裾を元に戻し襟元を正した。

彼は腕木門の潜り戸を静かに押すと二回目と同じように素早く体を滑り込ませる。玄関まで敷いた自然石の飛び石が雨に濡れて黒く美しい輝きを見せているが、庭全体は雨に覆われ今は寒々としている。しかし春になるとこの手入れされた広大な庭は春を待ち焦がれた植物たちで見事な華やぎを見せるのに違いない。

湿気のためかいっそう開けづらくなっている玄関戸に手を掛けると今度は鍵が掛けられてはいないようだ。中に入った彼は一度目の時のように上がり框の向こうに続く廊下に向かって大声を上げた。暫くして奥から小走りに来たあの足の運びはすでに耳が覚えた本田夫人の足さばきのリズムだ。予想通り姿を現した本田夫人の秩父縞の着物は少しの乱れもなくその口調も最初の時のままの切り口上で彼を威嚇するといっそうその切れ長の目を引き上げた。

「何なのあんた！　何度も何度も気持ちの悪い！　本田は書生などを必要としていないし万が一必要となった場合でもあんたみたいなどこの馬の骨とも分からない人は雇いませんよ」

彼女は前にもまして凄まじい形相になると彼に掴みかからんばかりに両手を広げる。そして足を一歩踏み出した彼女は垂直にした右手を思い切り後ろに引くとそれを彼の左頬に力いっぱい振り当てた。小気味よい衝撃音が響きただ左頬を押さえることしかできない倫三郎は恨みがましく上目遣いに本田夫人を見るものの彼女もそのままの体勢で彼を睨みつけている。

「あんた！　これ以上ここにいると警察を呼びますよ」

「お願いします。尊敬する先生のそばで先生のために役に立ちたいのです」

倫三郎は上がり框に両手をついて叫ぶ。

「ホント、こんなしぶとい人間は見たことも聞いたこともないわ。まったく吐き気がする」

ヒステリックなソプラノがなおも彼の頭上に投げつけられる。

「これほどダメだと言っているのに理解できないなんてあんた頭が足りないんじゃないの？」

やはりこれは縁がないということなのかもしれない。唇を噛みしめた彼の目から涙が溢れ出てきたのは本田夫人に思いっきり叩かれた頬の痛さだったのかそれとも雨に濡れて氷のようになった足がヒリヒリと痛みだしてきたせいだったのか彼にも分からない。しかしそれを見た本田夫人も一瞬ひるんだかのように押し黙る。

（泣き落としの手を使うとは僕もまあ何とせこい男だ）

自分ながら何と女々しいことよと思いながらも夫人の気持ちの変化をいささかなりとも期待して彼はじっと下を向いている。その時廊下をパタンパタンと踊るように誰かがやって来たがその忙しない足音は彼がこの屋敷で始めて聞く足音だ。足音の主を見ようと一瞬顔を上げた彼はそこに思いもかけない本田京風を見た。

京風は久留米絣の着物姿で鼻の下には立派な髭を蓄えてはいるが彼が想像していたよりかなり小柄な人物だ。彼は上がり框に額を押しつけんばかりにしている倫三郎にチラッと目をやりながら怒り狂った夫人に近づいて行く。そして夫人の耳元に二言三言何かを囁くと彼は夫人のその肩をポンと一つ叩き来た時と同じ踊るような足取りで奥に戻って行った。

彼が写真で知り得た本田京風はいつも上半身か座ったものだったので彼にとって京風の全体像はまったくの未知数だった。文豪といわれるからには上背があり恰幅も良く、彼がそこにいるだけで周りに威圧感を与えるような人に違いないと彼は勝手に思い込んでいたのだが、その柔和な瞳と鼻の下に蓄えたヒゲは文豪というより片田舎の小学校の校長先生のようだ。

「本田がちょっとだけ話を聞くと言っているから上がりなさい」

京風の提案を不服そうに告げる本田夫人の唇は怒りを引きずり歪んだままだったが昂ぶったその声はあくまでも命令口調だ。そうは言われてみたものの彼は自分の泥だらけの足に目をやり磨き上げられた廊下に上がることを躊躇していた。彼の汚れた足跡が廊下に残された時の本田夫人の反応を考えると彼はそれだけで縮み上がる思いだったが、その時赤い頬をしたまだ十四、五歳と思える少女がバケツを持って走って来ると彼の足元に雑巾を置きにっこりとほほ笑んだ。陰に隠れて玄関で繰り広げられている出来事をたぶん聞いていた少女は本田夫人に言われる前に気を利かして行動を起こしたに違いない。ていねいに足を拭き上げていく彼を憤怒（ふんぬ）の目で見つめていた本田夫人はやがて無言のまま奥へと入って行った。

その後は赤い頬の少女に先導され彼は広い屋敷の入り組んだ廊下をいくつも曲がり一番奥まった座敷に通された。どのくらいの時間を待っただろうか、やがてあの本田京風の忙しない足音が聞こえると彼が襖を開けて入って来た。

「きょうは朝からいろいろと大変だったね」

彼がこの広い座敷のどこで倫三郎と本田夫人との諍いを聞いていたのか定かではないが、どうやら彼は倫三郎が朝から三度もこの屋敷に来ていたことはすべて承知しているらしい。

「君は三度目の今回も断られたらどうするつもりだったのかな」

彼は倫三郎の朝からの行動を楽しむようにそう聞いてくる。

「今夜はどこかこの近くの旅館にでも泊まって明日また出直して来ようかと…」

しかし彼には東京のどこにも知り合いなどはいないし、これといって知っている場所もないので実際のところ途方に暮れていたのだ。

「ホー、それはそれはご苦労なことだ」

京風は彼がどうしてそれほどまでして自分の書生になりたがっているのか理由を知りたいと思ったが昔の作品ならいざ知らず今の自分の書く一連の作品に対して目の前のこの若者が手本にしたいと思うはずはないと思っている。倫三郎にしても自分の書いたものを本田京風に見てもらいたいという一途な思いが「少女と入れ墨」を読んで以来かなり薄くなっているのは自分でも承知している。しかし口が裂けてもそのようなことを言う訳にはいかない彼は文学青年を気取って思いつくままを言ってみる。

「十七歳の時に先生の本に初めて出会って心が震えるような衝撃を受けたのですがそれから

間もなく「少女と入れ墨」にも出会い人間としての先生の雄大さに魅了されたのです」

「少女と入れ墨」の話は今後も避けて通れないだろうから京風が言い出す前に自分のほうから先手を打って言ってしまった方が自然であるし先生も楽になるはずだと彼は考える。

「少女と入れ墨を？　君はあれを読んだの？」

本田京風は小さく笑ったものの何とも複雑な表情をした。少女と入れ墨は京風が耽美派といわれるようになった転機の作品で、彼自身もこれを書くことによって長い低迷期から抜け出せることになった思い出深い作品でもあったことは間違いないはずだ。

倫三郎はここぞとばかりに京風の書いた二、三十年前の小説からここ五、六年の新境地の小説の題名までをたて続けに言うと、京風は右手を上げ彼を遮ると大きく頷いた。

「もういいもういい、分かったよ。君はここ五、六年のものも読んでくれているんだね」

京風が少し悲しげな表情を見せたのを、京風がこの五、六年書き続けている作品が決して彼の本来意図するところのものではないのかもしれないと彼は想像する。

「君の文章をそうそう見ては上げられないけれど一カ月に一回くらいなら見てあげよう」

彼は内心快哉を叫んだものの心の内は穏やかではいられない状況だ。なぜなら京風に君はどんなジャンルのものを書いているのかと聞かれたどう答えようかと模索していたからだ。

だが京風はそんな彼の杞憂を知ってか知らずか彼の作品のことには一切触れることはなく

柔和な瞳を彼に向けるとこう聞いてきた。

「君は書生にして下さいと言うが、知ってのとおり家内があんなふうだからまずは手始めに書生見習いということで君はこの近くに下宿して時々ここに顔を出したらどうだろう」

「えっ、いずれは書生にして頂けるんですか」

「まあ、家内を説得するのにどれほどの時間がかかるか分からないが暫く待ってくれないか」

意外な成り行きに驚く彼に京風は鷹揚に笑うと囁き声になった。

「実はね、数カ月前に書生が田舎に帰ってしまいこの屋敷の不具合な所や力仕事をしてくれる人がいなくて実際困っていたところなんだ」

「でも奥様は今まで書生なんか雇ったことはないと…」

「いや、家内は何事も自分が仕切らないと済まない性質でね。でも書生を必要としている当の私が君を書生として雇うと決めたのだからさすがの家内も文句が言えるはずもないのさ。だがそれにはいささか時間が必要なんだ。分かるだろ？」

こんなに柔和な顔をしているのに、あのような強権的な本田夫人を黙らせるほどの力関係が二人の間にはあるのかと思い彼は意外な感じがしたと同時に夫婦というのは中に入ってみないとなかなか分からないものだと少しばかりおかしくなる。

「有難うございます」

彼は素直に頭を下げその会見は終わったのだが、彼は静岡の実家に一度戻って三日後に改めて東京に来ますと言い立ち上がった。

彼が本田京風と話していた一時間の間に、本田夫人は二人がいる部屋に顔を出すでもなくお茶の一杯が出てくる訳でもなかったが、しかしそれは彼の気持ちを落ち込ませることにはならなかったどころか彼はむしろ晴れやかな気持ちで本田邸を辞したのである。三度目の訪問も罵詈雑言の挙句に追い返されたら彼はこの辺りで一日か二日をやり過ごさなければならないところだった。

小止みにはなっていたものの暗くなった町には相変わらず雨は降り続いている。彼は来た時と同じようにまた下駄を信玄袋にしまい裸足になるとその満面の笑顔を落ちる小雨に暫く対峙させていたが、やがて溢れんばかりのその笑顔は田端駅に向かってゆっくり歩き始めた。

「しかし倫三郎さんの本田京風を尊敬する気持ちはその時すでに昔のようなやみくもなものではなくなっていたのでしょう?」

久須夫は甚だ心もとない気持ちのまま本田京風の家に押しかけた倫三郎の気持ちを慮る。

「そんな曖昧な気持ちでいながら彼は大切な自分の作品を見てもらう気になれるのかなあ」

「いや、倫三郎さんもその時はその時で昔の京風先生の目で読んでくださるようにと例の権現様にでもお願いしようと思っていたのではないでしょうかね」
「うーん、そんな都合の良いことを考えるのはやはり苦労知らずのぼんぼんだからですよね」
久須夫の断定的な言いぐさに若い男は確かにと呟く。

一昨年、静岡の旧制高等学校を卒業した倫三郎は二十二歳になったのに働くでもなく親や兄弟から何の文句も出ないのを良いことに好き勝手な毎日を送っていた。自称文学青年を気取っていた彼だったが実際のところ彼にきちんと形になった作品などひとつとしてある訳ではなく原稿用紙に好き勝手に文字を書き連ねたものがかなりの数に上っているだけだ。

小学生の頃の少年雑誌から始まって活字を読むのが好きだった彼は中学に入ってもその面白さから抜け出せず厠（かわや）に入るにも本を持って行くというような活字中毒ぶりだった。彼が当時読む本といったら文学全集といわれるいわゆる固いものから大人たちが読み散らかしていた大衆雑誌のかなりいかがわしい類のものまで手当たり次第に手を付けていた。それらの本によって中学生にしてすでに大人の知識を得ていた彼は、同級生よりかなり猥雑（わいざつ）な世界にも精通し結果彼は同級生からかなり浮いた存在になっていた。とはいうものの文学青年にありがちな女性関係はというとまだ耳学問の域を出ず彼としてはその知識と比例していない日常が何とも口惜しいことであったがそれも致し方なかったことだろう。

旧制高等学校に入学した十八歳を過ぎて間もなく彼は隣町の花街といわれる場所で人並みに女性の経験を済ませそして二十二歳になった今は隣町で女学校に通う加津(かづ)という十六歳の美少女の後を追いまわしている彼はある意味救いようのない放蕩息子であるかもしれない。

彼の実家は静岡で五代続く茶問屋をしているのだが、彼の上には姉が四人、その下には男が三人続きその三人続いた男の三番目、いわゆる三男坊が彼という訳で彼の下にもなお二人の妹が続くという何とも賑やかな家庭環境だ。

三男坊の彼は旧制高等学校を卒業したら当然一家の働き手として家業に従事するつもりでいたのだが在学中に突如将来は作家になると宣言すると、校内で仲間を集めては同人雑誌を作ったりまた懸賞小説に応募したりして結局卒業する段になると入学時に親とした卒業と同時に家業に専念するという約束などは反故(ほご)にしてしまった。

卒業した当初は形だけ親との約束を守り、姉や兄に混じり仕事をするふりはしていたものの、彼の毎日は商売よりも好きな文学のほうに比重をかけており、人の目を盗んでは自分の部屋に閉じこもり本を読んだり文章を書いたりすることを続けていた。何を言っても右から左に聞き流す彼を見ていて馬の耳に念仏とはこのことかとついに親兄弟も諦めざるを得なくなりそのうちにこの家に一人くらい変わり種がいてもいいじゃないかということになりこのまま好きなようにさせておこうというのが皆の暗黙の了解事になっていった。

何といっても一番上の姉と彼とは年齢が十九歳も離れており親子といってもおかしくはない年齢差のため、実際のところ六十半ばの両親をはじめ姉兄弟の誰もが二十歳をとっくに過ぎているのに彼をまだほんの子どもだと思っているフシがあった。

いったん静岡に帰った彼は三日後の一月の下旬には取るものも取りあえず東京に戻った。昔から大店の三代目の救いようのない馬鹿さ加減を揶揄する言葉に「売り家と唐様で書く三代目」というのがあるが救いようのない三男坊の倫三郎は「東京に行きます。探さないでください」と唐様で書いた置手紙を残すと家族の誰に告げるでもなく家を後にした。

強風の吹くその夜は停滞する雲もないためか、いつもより星が一段と輝いて見える。信玄袋に着替えや石鹸や歯ブラシそして今まで書きためた大量の原稿用紙を詰め込んだ倫三郎は静岡駅からひとり夜行列車に乗り込んだ。旧制高等学校を卒業した記念にと両親が特別誂えで作ってくれたローヤルテックス地の青いコンチネンタルスーツにネズミ茶のフロックコートに身を包んだ彼の背広のポケットには帳場でくすねた百円あまりのお金がねじこまれていたが家族の誰にも言わずに家を出る彼に当然のことに見送りの人がいるはずもなく、ホームで泣きながら手を振っている何組もの見送りの人たちを彼はぼんやりと見つめていた。駅から徐々に離れていく列車の窓から身を乗り出すと、彼はポツポツと灯る明かりが遠ざかっていく静岡の町を目に焼き付けておこうと右に左に目をやる。当分見ることがないであろう静岡の町が徐々に遠ざかっていくのを見ているうちに彼の鼻の奥がツーンと痛くなってきたが、こんな気持ちは尋常小学校以来だなと思った瞬間不覚にも彼は大きく鼻をすり上げた。彼の唯一気掛かりなことは慌ただしい帰省の中でせっかく懇ろな間柄になれた隣町の加津に別れのひとつを告げることもせずに汽車に乗ったことだった。

明日からの東京での暮らしは、生活費の足しとなる日雇いの仕事をしながらの厳しい毎日になるだろうと彼は考える。日雇いの仕事をしながら月一回本田京風に書いたものを見てもらう、それが東京での生活のすべてになるはずだと考えると彼は暗澹たる気持ちにもなってくるが、彼は頭を大きく振ってそんな考えをどこかへ押しやる。

（まっ、そう硬いことは考えずに地道にやっていけばいつかは何とかなるもんよ。とにかく死に物狂いで三年間やってみようや。もし運が良ければ本田京風邸のあの妖し気な世界を見ることだってできるかもしれないさ）

真っ暗な闇に流れていく町の灯をみながら彼がそう笑うことができるようになったのも、本来の彼の楽天的な性格からすれば至極当然のことに違いない。

夜中から降り出した雪は、数年に一度といわれるほどの大雪となって列車の到着時間を大幅に遅らせた。早朝に到着するはずだった列車は翌日昼過ぎに新橋駅に着き、その後田端駅に移動したのだが、その時もまだ雪は間断なく降り続いて止む気配はない。温暖な静岡に住む彼はそんな大雪を見るのは初めてのことだったが、民家の窓も半分までは雪に隠れて、田端駅から見る風景は巨大な一枚の白い布を大地に敷いたようだ。

すでに昼近い時刻だというのに、閉じ込められたそれらの家々の僅かに覗く窓からはかすかに明かりが漏れている。しかしそれを非常事態とは思いもしない彼はあまりの見事な大雪にただ陶然となっていた。その風景は、まっさらな気持ちで一から勉強しようとしている上京一日目の彼に対しての神の祝福とも思えてきた。

雪に見とれたままどのくらい吹きさらしのホームにいたのだろうか、こんな所で暢気に雪見などしている場合ではないということを彼は思い出すと、きょうこれからやらなければならないことを優先順位で数え上げていった。一番にしなければならないことは京風先生の近くに下宿先を探すことでその後は京風先生の家に挨拶に行く。そして明日からは細々とした日用品を買い揃えそのあとは食べていくためのアルバイトを探す必要もあった。

郵便切手が一枚三銭、勤め人の一カ月の給料が百円の昭和十年代に、彼の所持金は茶問屋の実家から失敬してきた僅か百円だけで、はたしてそれでどれだけの期間を暮らしていかれるかを考えると何とも心もとないが所持金を減らさないためにも今後はいくつかのアルバイトを掛け持ちせざるを得ないだろう。酒好きの彼としてはこのように寒い日、そして東京で暮らす最初の日の祝いとして酒の一本でも買いたいところだったが、これから先の生活を考えるとそれも我慢せざるを得ない何とも淋しいハレの日になった。

青いコンチネンタルスーツにネズミ茶のフロックコートに身を包んだ彼はとまれこの辺りに下宿先を見つけるべく田端駅の改札口を出た。颯爽と田端の町を歩く己の雄姿を彼は想像していたのだが、慣れない雪道に革靴の足元を取られた彼は何とも無様なおっとり刀のいでたちとなってしまっている。不動産屋などがない昭和十年代には家や部屋を貸したい人がそれぞれの自宅の軒先かあるいは近くの電柱に紙を張ったり木の札を括りつけたりしたものだがそろそろと歩く坂の途中にいくつもの電信柱や家の軒先に《貸家あり》《下宿あり》の札を見ることが出来、そのゆっくりした足取りのお蔭で下宿先をじっくり観察できたのは幸いだった。その中に比較的感じの良い下宿部屋が目に入ったものの家そのものは何ともみすぼらしいが話だけでもと思い家主に会ってみると条件や金銭的なことはほぼ彼の意に適っている。人の良さそうな五十代の主人は、作家を目指しているという倫三郎に、この町は作家にとって居心地の良い土地柄なんですよと自慢気に言う。

「田端文士村といわれるこの地には芥川龍之介、室生犀星、久保田万太郎、本田京風。そして絵描きにも村山槐多、竹久夢二とその他沢山の人がいますよ」

作家を志すあなたにはこの町はうってつけですので見るだけでも部屋を見たらどうですか

と言う家主に付いて二階に上がってみると、その狭い四畳半の部屋は今にも壊れそうなものだったが晴れた日の部屋は日当たりも良さそうで住み心地満点の環境にも思える。

ここを当座の住処（すみか）にするとなると、彼にとってここは書斎もねぐらも兼ねる大切な御殿となるはずだ。実家の広々とした自分の部屋と比べると手を伸ばせばすべてに手が届くような狭さのその部屋はかえって使い勝手が良いかもしれないと彼は思うことにした。

所持金百円から二食付きの下宿代の十五円とこれから整えるこまごまとした生活用品代を差し引くとかなりの出費となるがそれも仕方がないだろう。

「きょうからお願いします」

しばらく部屋が空いたままだったので何とかしたいと思っていた家主は彼の言葉に満面の笑顔で大きく頷くと、いそいそと倫三郎の荷物を取りに階下に降りていった。とりあえず満足できる下宿先が見つかったことで最大の課題は解決したものの、下宿先を見つけただけで短い冬の日はもう暮れかかっている。しかしとにかくきょう静岡から上京したということを京風先生に報告しなくてはならないだろうと考えた彼は、家を出る時にこれも倉庫からくすねてきた最上級の煎茶と玉露を風呂敷に包むと表に出た。

下宿先の主人と話している間も外では人々の声と金属のぶつかり合う音がしていたが、それは近所の人たちが総出で雪かきをしていたせいだろう。雪がやんだ風景の中に十分に水分を含んだ土がすがすがしいまでの漆黒のつややかさで一本の黒い道を走らせている。倫三郎は下宿先の主人に長靴を借りると時々足を取られながらも、先ほどよりずっと歩きやすい状態で見慣れた道を本田邸に向かって歩き始めた。

　腕木門をくぐり玄関の前に立つと本田京風の夫人・本田亜希乃（あきの）のあの甲高い怒鳴り声が彼の脳裏にこだましてくる。恐る恐る玄関の戸を横に引き綺麗に掃除された三和土（たたき）に足を踏み入れ彼は遠慮がちに声を掛けてみる。すると奥からスリッパの走る音がして亜希乃が相変わらず愛想のない様子で出てきた。

「おやおや、馬子にも衣装ね」

　彼女は彼の服装を眺めまわし田舎者めがと言わんばかりにそう呟く。

　本田京風は倫三郎が上京してきてくれたことが余程うれしかったのか、ものを書くヒントなどをいろいろとアドバイスしてくれる。

「田宮君はどんなものを書いているの？」

　倫三郎の一番触れて欲しくないことを今回京風は聞いてきた。

「まだ書くなんてそんな段階ではなく、あっちこっちの興味を引かれたことを題材にただ書き連ねているだけで、恥ずかしながらまだこれといった作品は出来上がっていないのです」

　たぶん今の本田京風は正統派の文体などに何の感慨も持たないだろうが、僕の作品を読む時だけは以前の本田京風の研ぎ澄まされた感性に戻ってくれるようにと彼は願った。

翌日は見事な冬晴れとなった。倫三郎は朝食を済ますと昨日下宿先の主人から借りた長靴をその日もまた借りて、ぬかるみの町へとアルバイトを探しに出掛けた。正規に就職してしまうと時間に縛られ作品が書けなくなることと京風からの緊急の呼び出しにも応じられなくなってしまうのでおのずと仕事の範囲は限られてくる。

手始めのアルバイトはまず新聞配達だったが、それにはまず自分の配達地域の住所と住人の名前を覚えることが第一だったが何とか頭に叩き込むと一週間後には納豆も一緒に配達することを考えつき、時間は幾分かかるものの収入はかなり多くなった。そしてチンドン屋のビラまき電柱へのビラ貼り等々も増やしていったが何といっても一番多くの収入になるのは肉体労働だった。だが放蕩三昧で仕事らしい仕事をしたことのない彼のやわな体での肉体労働は所詮無理な話で、肉体労働をした翌日は彼の体はまったく使い物にならないほどの疲労困憊ぶりで唯一その仕事だけは長くは続かなかった。しかし生活するために彼は仕事をいくつも掛け持ちしなければならず、それだけで一日が瞬く間に過ぎていった。

疲れ切った毎日を彼は一カ月あとの京風先生との面会のことを考えて過ごすことにした。一カ月あとには自分の書いた文章を京風先生に見てもらえる、彼はそう己を鼓舞しながらつらい日雇い仕事にも精を出していたが執筆活動は毎日の日雇い仕事に追われて思うようには進まない。その上本田邸に時々顔を出すことになっている約束も時間に追われてなかなか果たせていないが自分は一応本田京風先生の書生でありまた東京で唯一の知り合いが本田先生だけであること思えば本田邸と良好な関係を保っておかなくてはならない。そう考えた彼はその日の映画館のビラ貼りの日雇い仕事を断って久しぶりに本田邸に足を運んでみる。

腕木門の格子戸は閉まっていたので彼は潜り戸から中へ入り玄関を開けようとすると中からは二カ月前の大雨の降る日に本田邸を訪れた時と同じあの白檀のお香の香りが漂ってくる。そして玄関もあの時と同じように中から鍵が掛けられ開く気配はない。仕方なく彼は屋敷の裏側に回り勝手口から中に入るとあの時のように奥に向かって声をかけてみる。

あの時は本田夫人の醸し出す妖しげな世界に眩暈（めまい）を覚えた彼は京風の紡ぐ淫靡（いんび）な世界に危うく取り込まれそうになったものだったがまたあの時のように着物をはだけ胸もあらわにした艶めかしい目つきの本田夫人が気だるい足取りで出てくるのだろうか。あの時は不意打ちの衝撃で彼は事態を判断する能力も無くしてしまったが、今度はここで起こり得るすべてを見届けてやろうと彼は身構える。しかしあの時のようにその日も奥からは何の応答もない。

「ごめんください。田宮ですが」

この白檀の香りの漂う屋敷の奥でいったい何が行われているのだろうか。

勝手口から真っすぐに続く廊下の左奥からそのクスクス笑いは聞こえてくるような気がし

ていたのだが、不意に髪を振り乱した女が右の廊下から顔を覗かせた。女は以前本田夫人を奥へと無理に引き戻した年かさの女であの時の本田夫人のように紺絣の着物の前身ごろを左手で抑えているだけではだけた胸元の血管が薄く透けて見える。気だるそうな様子を見せている女はまともに立っていられない様子だ。

「だぁーれもいません」

それだけ言うと女は踵(きびす)を返し頼りない足どりでのろのろと廊下を引き返していくが途中で立ち止まった女はゆっくり振り向き彼を見て意味ありげな笑いをする。

「私は亜希乃ちゃんのオトモダチ」

倫三郎は曖昧(あいまい)に頷いたが女の薄気味悪さに総毛立つのが分かった。女の足音がだんだん遠ざかるにつれ女たちのクスクス笑いも小さくなりやがてすべての音が消え去ったがしかしそれでも未練がましく倫三郎は暫くの間そこに立っていたがいくら待ってももう誰も現れそうにない。諦めた彼は手土産に持って来たみたらし団子を上がり框に置くと桜の蕾が色づき始めた早春の町に出た。

それから一週間が経つと桜の花が開花し始め、本格的な春の訪れを感じる温かさになってきた。倫三郎は本田邸を訪れた後から何かに取り憑かれたような按配でどうにも体調がすぐれない。彼はあれ以来日雇い仕事にも出掛けられず食事も取れない状態で下宿先に籠り切りになっている。時間は十分にある状態なので久しぶりに原稿用紙にでも向かえば良いものを彼にはそのような気持ちがまったく起こらない。

（僕はいったいあそこで何を見てしまったというのだろうか）

彼がそもそも本田京風に会いたいと思ったのは、彼の弟子になりたいという気持ちの他に彼の書斎で起こっていることへの怖いもの見たさの興味もあったのだがいざそのような場面に遭遇してみると何とも意気地がなかった。下宿屋の夫婦も心配して毎日声を掛けてくれるのだが、ただ体調が良くないというだけで彼にこれといった自覚症状はない。どこも悪くないのにいつまでも下宿屋の夫婦に甘えているわけにはいかないと思いながらも彼はその後も二、三日は下宿から出ることが出来なかった。どこにも出掛けなかった十日間の間に彼は一度だけ机の前に座りはしたものの、彼は結局一行も文字を書くことが出来なかった。

上京した日に一度挨拶に行ったきりで、その後は何の音沙汰もない僕のことを本田先生は何と思っているだろうか。彼はそう思ってみるものの、あのようなことがあった後はどうにも本田邸に顔を出すのが億劫に思われる。

彼がようやく本田邸に顔を出したのは四月も半ばになってからで、その日は四月に相応しいうららかに晴れた日で倫三郎の気持ちもいつになく明るい。珍しくその日は本田邸の腕木門は開け放たれ、腕木門の前庭と自然石を乱敷きにした階段をあの赤い頬の少女が懸命に箒で掃いていた。もうかなり働いているためか、彼女の頬は上気して艶やかに光っている。

「お早うございます」彼の声に顔を上げた少女は上気した頬をいっそう赤らめると、ちっとも見えなかったけれど何かあったのですかと心配そうに眉を寄せた。彼が曖昧に返事をするとそれに答えて彼女は先生も何かあったのではないかと心配していましたよと声を潜める。

飛び石を渡って玄関で声を掛けると、何度も聞いたあの足袋のこすれる音がして亜希乃が顔を覗かせた。

「あら、上京してきょうが二度目の挨拶とは、書生の身分でいい度胸だこと」

彼女はそれだけ言うと鶏のように首を立てて奥へ消えてしまった。亜希乃と入れ替わりに赤い頬の少女がやってくると本田京風と初めて会った時の奥の和室へ案内され、そこで彼が暫く待っていると相変わらず優しい笑顔を見せて本田京風が襖を開けた。

「もっと早く来るつもりでしたが遅くなって済みませんでした」

「いや、何かあったのかね。そう言えばちょっと痩せたみたいだね」

「実は体調を崩してしまい十日ほど臥せっていたのです」

彼が先日ここに来て、その時見た何とも薄気味悪いあのことを京風に言えるはずもなく彼はただ頭を下げた。

「そう、それは大変だったね。それでもうすっかり良くなったの」

優しい中にも射抜くような光を放つ京風の目に、倫三郎は彼がすべてを分かっているのだろうと理解したが、はい、もうすっかりと呟く。

「実は生活費を稼ぐために掛け持ちで仕事をしなくてはならず疲れが出たようです」

「ン？　倒れるほど働かなくてはならないの？」

「はい、下宿代や食事代それに銭湯にも行かなくてはいけないし…」

京風は悲壮な彼の顔を見ているうちに思いついたのだろう、一つの案を提示する。

「どうかね、田宮君。日雇いの仕事を一切やめて書生としてそろそろここに住んでみては」

「えっ、ここに住んでも良いのですか」

「日雇い仕事に明け暮れているようでは、君の作家になるという夢はとても覚束ないよ。ここに住めば下宿代は免除し食事も三食きちんと出しそしていくばくかの手当も出そう。しかしその代わりにこの屋敷のちょっとした家事仕事の手伝いをしてもらうよ」

「ありがとうございます。そうして頂けたら勉強する時間ができます」

弾けんばかりの笑顔になった倫三郎を京風が上目遣いで見つめた。

「しかしそれには一つだけ条件があるのだが守れるかな」

過酷な日雇い仕事の代わりに屋敷の簡単な仕事をするだけで三食が食べられその上なにがしかの手当ももらえる、倫三郎にすればどのような条件でも呑むつもりだ。

「君の部屋としてあてがわれるのはこの母屋の一室ではなく、屋敷の裏手にある洋館なんだが、そこには洗面所も厠もついているのでわざわざ母屋まで来なくても、君はそこで十分生活はできるようになっている」

そんなすばらしい部屋に住まわせてもらうことと京風が言うところの一つだけの条件とがどういう関係になるのかと彼は首を傾げる。

「それでその一つだけの条件なんだがそれは君に何か用事がある時はこちらの誰かが君の部屋に出向くので、君はこちらが言わない限り母屋への出入りは遠慮してもらいたい」

「はあ…」

「三度の食事もその都度君の部屋へ運ばせるから心配することはないが問題は風呂だ。洋館には風呂がないので風呂を立てる日はこちらに入りに来てほしい」

「はあ」

「母屋の掃除は女中がするから良いのだが、私の部屋の掃除だけは君に任せることにするよ。君が将来文筆を生業(なりわい)とする時のために作家の書斎を見ておいたほうが良いだろうからな。私は夜九時には仕事を終えるので、君はその時間には勝手口から上がってきてほしい」

彼が母屋に出入りすることをなぜそれ程までに制限するのか分からないまま彼は曖昧に頷きその不可解な条件を受け入れることを約束する。京風が何かを隠したがっているのは明確だがそれが何かは判然としないものの、彼にとっては自分の時間が大幅に確保できることのほうが重大だ。

「時間が大幅に増えたあとの君の作品の出来具合がどうなるか楽しみなところでもあるがそれは君のやる気次第だと思うので頑張りなさい」

京風は豪快に笑うと善は急げと言わんばかりに彼に明日の引っ越しを提案する。

「でも先生、先生の一存では…」

京風は彼が亜希乃の気の強さを心配しているのかと思ったのかこう言った。

「私から家内には良く言っておくから心配することはないよ」

妖しげな世界にいささかの関心を持った倫三郎だったが、異様なそして不気味ともいえる情景を二度も見てしまってから、倫三郎の関心は急激にしぼんでいった。しかし今京風からこの屋敷に越してきてはと提案され、彼の気持ちはなるようになれと変化してきている。

彼は翌日二カ月半暮らした下宿先から少しだけ増えた荷物をリヤカーに載せ本田邸に引っ越して来たのだが四月の半ばとはいえ寒の戻りのその日は袷(あわせ)の上にとんびコートを羽織っていてもまだ寒さが肌を刺す。

玄関で声を掛けた彼の前に出てきたのは三カ月前に半裸の亜希乃を抱えるようにして奥に連れ戻した、そして一カ月前には勝手口の廊下で振り向きざま意味ありげな笑いをした年かさのあの使用人だ。彼がこの屋敷に住むことになった話はすでに聞いているのだろうが彼女は表情を崩さず軽く会釈をしただけで、これから案内する離れの洋館はきょうから田宮さんが住むことになる場所だから綺麗に掃除をするようにと言いながら彼の前に立った。

洋館などと大層なことを言うがどうせ本田京風が暇つぶしの遊び半分で建てたおもちゃのような小さな建物に違いないと思っていた彼は母屋から奥まった広い敷地に建っている円形の威風堂々とした洋館を見て思わず声を上げる。その大きな洋館がどのような目的で母屋の裏に建てられたのかは彼の前を歩く使用人も語ることなく無言のままだ。

砂利を敷いた裏庭から小道に沿って洋館へ歩いていくと車寄せの玄関前で本田夫人が歩いてくる彼をじっと観察していたが近付いた彼に挨拶代わりのつもりか首をただ上下させただけでひと言も発しない。彼はわざと大きな声できょうから宜しくお願いいたしますと言ってみるが、彼女はニコリともせずに返事の代わりかこう言ってのける。

「この建物の中のものはいったんすべて庭に出して下さい。それが必要か必要でないかは私があとで考えますのでとりあえず田宮さんはきょうの自分の寝る場所を確保することを考えて段取り良く仕事をして下さい」

無人の洋館には必要のなくなったものが徐々に運び込まれいつの間にか建物全体が物置化してしまったということなのだろうがその訳の分からない大きな物置小屋が新しく書生とし

て住むことになった彼に与えられた部屋ということらしい。単に部屋を掃除するだけだと思っていた彼は亜希乃の言葉に何を大げさなと首を振るがそれが大げさでないことはすぐに分かった。その時彼はまだその洋館の全体像を把握していないので無理はなかったのだが、彼が驚きの声を上げたのは樫の木で細工した両開きの玄関扉を内側に押した時だった。扉の向こうには大理石を敷き詰めた広い玄関がありそれが次の部屋へと続くらしいのだが玄関からすでに大量の雑多な家具類が無造作に積み上げられそのため次の部屋に続く通り道は人がひとり通れるだけの細いものになっている。

「何ですか、この荷物は！」

玄関の両開きの扉のガラス越しに外からの明かりが淡く差し込んでいるのだが、その積み上げられた荷物のせいで建物の中は何とも薄暗い。彼が細い通路を通り次の部屋にいくとそこは百平米以上と思える大広間になっているがやはりそこも左側の窓際に沿って一面埋め尽くされたように荷物が並べられているので外部からの明かりは限られたものになっているようだ。大広間に足を踏み入れた彼はそこに射し込む明かりのひとつが遥か彼方のカーテンの隙間からのものであるのを見てその建物の大きさがどれほどのものなのかを推し量る。

彼は玄関にいる亜希乃に向かって非難するような大声を出す。

「この中の荷物を全部庭に出せですって？　冗談じゃないですよ」

しかし懐手をしたままの彼女は冷ややかに彼の声を聞いているだけだ。

「それにこの大量の荷物を仮に庭に運び出したとしても、一つ一つ見て整理するのには一週間は掛かるだろうし、万が一その間に雨でも降ったらこの荷物はどうなるのですか？」

「本田が何となく取っておいたもので価値もない物ばかりだから濡れても大丈夫ですよ」

京風先生の大切な荷物に対して何てことをと思いながら彼は言葉を飲み込む。

「それからここにあるものは捨ててもいい物ばかりだから必要だったら何でも使いなさい」

亜希乃はそれだけ言うとかび臭いこの場所にはこれ以上いたくないとばかりに後も見ずに母屋へ帰っていった。亜希乃の砂利を踏む音が遠ざかるのを聞きながら彼がどのような段取りで掃除を始めたものかと考えているとそこに箒や塵取りの掃除道具一式を持った赤い頬のあの少女がやって来た。

「私、志津といいます」

少女はバケツを持ったままぺこりと頭を下げる。

「私、お掃除だけではなく力仕事も得意ですから何でも言いつけてください」

「よかった、奥様に建物の中のものを全部庭に出して中をきれいに掃除するようにと言われたんだがどのようしたらいいのか分からなくて困っていたところなんだ」

「私がやるべきことは奥様から言われているので大丈夫です」

「有難う、きょうから世話になる田宮倫三郎です」

改めて部屋を見回した彼はその荷物の多さに眩暈（めまい）を覚えるが志津は慌てるでもなくまず大広間の天井から吊り下げられたフリンジを施したカーテンをすべて引くと閉め切っていたガラス窓を次々と開き澱んだ空気を入れ替える。そして建物の壁際に積み上げられたものを庭に運び出す態勢に入ったのだが、志津は力仕事も得意だと言うだけあって彼と一緒に運ぶ家財道具も力の入れ方を心得ているのか実に要領よく運び出していく。あきれるほどの大量の荷物が広い庭に次々と運び出されていくがその作業がいつ終わるのか二人にもまったく予想がつかない。年代物の価値あるものに思える家具や日用品も沢山あり、このままこれらを庭に放置しておくのは宝の山を泥棒の前に置いておくようなものだと彼には思えてくる。それらの価値を確かめてみたい気もするが、そのようなところを本田夫人に見られでもしたらいつまたあの罵声が飛んでくるか分からない。

約二時間で屋敷の中に積まれていたすべてのものが庭に運び出されるとそこには寒々としただだっ広い大広間が現れパーケットの床張りの大広間に佇む二人はあまりの広さにどこに身を置いてよいのかと不安になってくる。二人は疲れ切った顔を見合わせたものの本格的な仕事はこれからだ。

「天井とカーテンの煤（すす）をまず払っていきますのでこれを頭に被って下さい」

彼女は的確に掃除の手順を彼に指示し、彼も彼女を頼りにその指示に忠実に答えていく。これまでの何人かの住人は積み上げられた荷物の中で身を丸め空気の入れ替えさえもせずに生活をしていたのだろうか、大広間はカビの湿った独特なにおいが染みついてしまっている。汚れのほうはというとこの洋館では料理は一切していないので油の汚れはまったくなくただホコリが床や桟などに溜まっているだけのようだからほこりを取り払った後の二、三度の水拭きだけでたぶん綺麗になるだろう。ただ彼は正面の壁に埋め込んである暖炉の前の床がかなり大きく焼け焦げているのが気になり、以前にここでボヤでも出したのかと志津に訊いてみるが一年前にこの屋敷で働き始めたという彼女がそのようなことは知るはずもない。

その後志津は希塩酸や重曹そして米のとぎ汁などの清掃用洗剤を運び込み、それぞれの場所に応じてそれらを使い分け次々と手際よく磨き上げていった。

「志津さんてすごいんだねえ」

彼女の手際の良さに彼が感嘆の声を上げると志津ははにかんだ笑顔を見せ壁を拭く手にいっそう力を込める。手の届く範囲は志津が拭き高い所は彼が一手に引き受け二人は黙々と手を動かし続けた。

米のとぎ汁で二度目の床拭きをしていた志津は、かすかに漂ってきたみそ汁の香りに敏感に反応し梯子（はしご）に上っている倫三郎を見上げる。

「ちょっと休憩にしましょうか」

朝からずっと休みなく動いていた手がやっと止まると彼女はほほ笑む。

「きょうは一日この離れの掃除を手伝うように奥様から言われているので、私はきょうの昼食の支度はしなくていいのです」

志津は雑巾と汚水の入ったバケツを持つと倫三郎を促す。彼が慌てて他のバケツを両手に下げて志津の後を追いかけていくと建物の裏にある洗い場で彼女は大きな盥（たらい）の中に汚れ物を入れている。

「これは私があとで洗いますので、田宮さんは手を洗ったら部屋で待っていてください。お昼ご飯をすぐに持って行きますから」

志津はそれだけ言うと母屋のほうへ足早に去って行った。それから五、六分が経った頃お盆に昼食を載せた志津がやって来たが、彼はきょうからこの家の使用人となった自分がそのように大事にされるのはおかしなことだと気づき立ち上がった。大事にされるのはきょうだけですからと志津は笑いながらそう言い持っていたお盆を彼に渡す。そこには麦ごはんといりことかぼちゃの煮物それにたくあんが二切れと湯気の立った大根の味噌汁が載っている。

「食事が終わったら…このかび臭さは少々手ごわいけどとにかくもう一度拭きましょうね」

志津はそう言ったと同時にもう背中を見せている。

それから数時間が経ち何度も拭いた部屋の中は、暖炉の前のあの焼け焦げた床の部分を除いては見違えるほど綺麗になり気のせいかカビの臭いも幾分和らいだようにも思える。

「炭には消臭効果があるそうですので後で持ってきますが、それよりもまずは換気をして下さい。この時期まだ寒いとは思いますがなるべく窓を開けるようにしてくださいね」

がらんとした大広間の真ん中に彼が手持無沙汰で立っていると汚れたバケツを持った志津がそう声を掛ける。すると生活の知恵の塊のような志津に彼は素直にハイと頭を下げた。

「奥様が庭に出したものどれでも好きに使って良いっておっしゃっていたじゃないですか。だからタンスも文机（ふづくえ）もスタンドもきれいに拭いてまた中に入れましょうよ。それとあの床の焼け焦げた上には何か手ごろな敷物を見つけて置いたらいいわ」

倫三郎はこの部屋には家財道具が一切ないため身の置き所がなかったのだと改めて気が付くと嬉しそうに手を打つ。

今までの下宿先から持ってきた唯一の財産ともいえる布団一式と安物の机に加えて庭に運び出した家具のいくつかを使わせてもらおうと考える。いくつかの磨き込んだ家具の中で彼が特に気に入ったのは見るからに使い勝手がよさそうな檜（ひのき）の文机（ふづくえ）で、それは側面にはケヤキである証拠のひびが入っているまさしく本物のケヤキの無垢材をつかっている上物（じょうもの）だ。右脇には二つの引き出しも付いておりそれは彼がこれからこの部屋で原稿用紙と向き合う生活をするのに相応しい文机と思える。

磨き上げられた本棚や箪笥、そして細工が施された電気スタンドもしかるべき場所に据え付けられると、それまでのがらんとしていた部屋も人が住む部屋の様相になりそれまでの寒々しい感じもいくぶんましになったように思える。ところが彼はその立派な文机の横に前の下宿先から持参した安物の机もなぜか捨てがたく並べてみる。

「これは床の焼け焦げを隠すのに丁度良い大きさだと思うので洗っておきますね」

そう言う志津の腕にはふすま大の絨毯がしっかりと抱えられている。

かび臭さはまだ残るものの、三方を開け放った窓からは四月の少し冷たい風が吹き抜けこれからのことを思う倫三郎の気持ちも否応なく引き締まってくる。

その夜、広々としたパーケットの床張りの大広間の真ん中に彼は唯一の財産ともいえる薄い布団を敷くと疲れた体を投げ出した。思い切り手足を伸ばした彼は書生一日目からのこの過酷な労働を強いられる状況とはどういうことなんだときょうという日をつらつら考えてみる。本田京風の言う部屋代と食事代の代わりにしてもらうごく簡単な家の手伝いがきょうのような過酷な仕事だとしたら、はたしてこの先僕はやっていかれるのだろうかと彼は不安にもなってくる。まさか本田夫人は手先が器用で身が軽いこの僕を、朝から晩までこき使おうという魂胆ではあるまいな。

しかしなんということか、現実はそのまさかであった。翌日から朝六時前には扉がノックされ、彼は否が応でも目を覚まさなければならなくなり三度の食事を挟んで夜の十時過ぎまでは次から次へと雑事をすることで彼の一日が過ぎていく。実際のところこの屋敷は今までこれ程の修理箇所があるような不便な生活をしていたのかと彼は首を傾げるが、もしかしたら彼を働かすために修理などしなくても良い個所を誰かがわざと破損させているのではないかと彼は疑心暗鬼にもなってくる。

彼の一日の最後は九時過ぎに勝手口からそっと本田京風の書斎に入りそこの清掃で終わる。彼は京風の書斎に入ると彼がその日に書き散らかした原稿用紙を片付けそして出しっぱなしにしている辞書や本を元の位置に戻す。それからヘビースモーカーの彼が書斎のあちこちにおいてある吸い殻の山を捨て五十本ほどある鉛筆を明日の執筆に備えて一本一本肥後守で削っていく。その後は部屋中を掃き清め机や棚の上を拭き終わる頃には夜の九時半はとうに廻っている。本田邸に住むようになっても彼が期待していたほどに自分の時間が増えていないことを思うと結局は寝る時間を削ることによって勉強していくしかないのだと己に言い聞かせるより仕方なかった。

終い風呂を使い布団に入った彼は暗闇に目を凝らしたまま現状の解決策をいろいろと考えてみるものの虚しさだけが胸を締め付けてくる。眠れないままにごそごそと起き出した彼は明かりを点け文机の前に座ってみる。そしてしばらくぼんやりしていたが文机の引き出しから原稿用紙と鉛筆を取り出し机に広げてみた。鉛筆を持ち原稿用紙に五枚ほど書いた文章を読み直し大きなため息をつく。毎日のこま切れの時間、そのような過酷な条件で納得いくものなど書けるはずがないのは彼も十分承知している。

それから四、五日が経ったがその日は不安定な天気の続く湿気が肌にまとわりつくような夜だった。その日も一日の仕事が終わった十時過ぎに、疲れ切ってはいたが倫三郎はせかされるように机の前に座った。その日の午後、開閉が曖昧(あいまい)になっている裏木戸の修理をしている時今構想を練っている小説の目の覚めるような顛末(てんまつ)をふと思いついたのだ。迷路に漂いながらのもやもやした気持ちの中でのろのろと書き進めていた文章に光が射し、それは無理なく辻褄が合うすばらしい展開と思えた。自分では思いもつかない誰かが耳元で囁いたような、それは正(まさ)に偉大な何者かが彼の脳内に分け入ってきたという感覚だったが彼は頭の中に分け入ってきたそれを何度も反復し大きく頷いた。とにかく神の啓示ともいえる小説のあの情景は今日中に書いてしまわなければ明日には何もかもが僕の中から消え去ってしまう。彼はすべての雑事を済ませたその日の夜、己を奮い立たせて鉛筆を走らせ始める。時々襲ってきていた眠気もいつの間にか去っていったようで彼は気持ちを引き締めて机の前に座り直すと鉛筆を持ち直す。面白いように筆が進んでいくのは本当に久しぶりのことだ。彼は言いたいことを的確に表す言葉が見つからない時は、その個所に分かりやすい言葉でメモ書きをすると構うことなく書き飛ばしていった。それは行き詰ったその個所を的確に表現する言葉を探しているうちに書きたいことが指の間からするすると零(こぼ)れ落ちていきそうな気がするからだ。あれ程の睡魔はすでに跡形もなく消えて自分でも驚くばかりの集中力で書き進んでいった。

それからまた数週間が経ったが彼の働く状況は何一つ変わらない。部屋代を免除してもらう代わりに簡単な家事仕事の手伝いをするというのがこの家に入る時に交わした本田京風との約束だったはずなのに、京風はそのような約束はすっかり忘れてしまったかのようだ。

毎晩九時過ぎに京風の書斎を片付けに行っているのに京風はどうしたことか、彼と顔を合わせても作品を見せてみなさいなどと言ったことは一度もない。もしかしたら彼はいつの頃からかなぜ倫三郎がこの家にいるのかということも忘れてしまい、彼が単にこの家に雇われている使用人だと勘違いをしてしまっているのかもしれない。

(いっそ静岡に帰ってしまおうか。僕がお茶問屋の三男坊の環境に甘えさせてもらって小説を書いていたとしても家族の誰からも文句は出ないはずだ)

そのような時彼の脳裏には懇ろな間柄になった色白の加津(かづ)の笑顔が浮かんでくる。女学校をすでに卒業している彼女はますます麗しくなっているに違いないと思うと彼の帰心は苦しいほどに募ってくる。この世とも思えぬ世界を覗いてみたいなどという夢想を捨て去りさえすれば彼がこの屋敷に留まる理由など何一つなく加津の元に帰るのはいつでも自由なはずだ。

（いや、とにかく一作は書き上げて先生に見て頂こう。加津のところに帰るのはそれからだ）

そう決心したものの情けないことに倫三郎にはまだ作品といえるようなものは一つとして出来上がってはいない。しかしここのところ毎日僅かずつではあるが書き続けているために間もなく一つの形ある作品が出来上がりそうな予感もしている。

鬱々としたまま翌日倫三郎が庭の草むしりをしているとかすかな軋み音をさせて門の前に人力車が止まった。それは毎月一回決まって月の初めに見る光景だということを彼は志津から聞かされていたが二台の人力車の横では俥宿から派遣されたという俥夫が二人、京風が屋敷から出て来るまでの時間を手持無沙汰の様子で煙管をふかしている。

京風が毎月向島の大切な客の家を訪問するのはもう何年も続いていることらしい。

「田宮さん、きょうの午後は先生のお供で向島まで行って下さい」

彼が本田夫人から突然そう言われたのは草むしりを終えた彼がキンモクセイの剪定に取り掛かろうとしていた時だ。

「秋山が風邪で臥せっているのできょうは田宮さんが先生の付き添いをして下さい」

亜希乃は人にものを頼む時にも頭を下げることはなく、彼がこの家へ初めて来た時と変わることなく木で鼻をくくったような素っ気ない態度のままだ。

「先方は大事なお客さんなのですからくれぐれも余計なことを言わずにただ先生のそばに付いていて下さい。分かりましたね」

京風が出かける時にはいつもなら執事の秋山が行動を共にするのだが、本田邸に勤め出して四十年以上になる高齢の彼は昨夜から急に高熱を出して今朝も起き上がれない状態だという。屋敷の中で忙しいといえば一番忙しいのは倫三郎だったがまた逆に一番暇といえるのも倫三郎であったので、本田夫人にしたら書生ごときの倫三郎を本来ならば人力車に乗せる贅沢（ぜいたく）はさせたくはなかったのだが、さすがに京風の乗る人力車に伴走させ向島まで行く訳にはいかない。彼女は内心腹立たしく思いながらも仕方なく二台の人力車を頼んだのに違いない。

静岡で放蕩三昧をしていた時には人力車に乗るのも当たり前で彼はそれを贅沢だと思ったこともなかったが今彼は久し振りに乗る人力車に心が踊る。座席に座った彼の膝上に俥夫は大切な客にするように優しく毛布を掛けてくれる。空気は乾燥して少し肌寒い五月初めのその日は太陽の光が気持ち良いほどに降り注ぎ、人力車は道を歩いている人を次々と追い越していくがその軽快さは何とも心地よい。隅田川沿いでは新たな季節に芽吹いた植物たちがむせ返るような匂いを放ち自分の存在をこれでもかとばかりにアピールしている。両脇を流れていく風景も緩やかに春の光をキラキラと反射させ、隅田川も春を迎えた喜びに震えているようだ。道路はすべてが舗装されているわけではないので時々石の上に人力車が乗り上げてしまうと驚くような揺れを感じるが、倫三郎にとってはそれも大いに楽しく感じられる。四十分ほどで人力車は向島の目的地に着いたのか速度を落とした人力車は手入れの行き届いた平屋建ての小さな家の前に止まった。

俥を降りた京風の体が一瞬よろけたのでそばに駆け寄った倫三郎が彼の脇の下に手を差し込みそのまま目の前のその小さな家の玄関に歩き始めた。しかし五、六歩歩いたところで京風は倫三郎の手を軽く叩くと彼を押しとどめる。

本田からは絶対離れないで下さいと亜希乃から言われていた倫三郎は一瞬躊躇する。

「家内が目を離すなとでも言ったのかな」

京風はからかうような目で倫三郎を見るともう一度彼の手を叩いた。彼は仕方なく京風の腕から自分の右手を抜くとよろよろと門の中に消えていく京風を見送った。

人力車の前では二人の俥夫が寛（くつろ）いだ様子で美味しそうに煙管を口に運んでいる。彼らは今までこの向島の屋敷には何度も来ているらしく慣れた様子で門前の縁石に座ったりしているが、すでに一時間近くも待っているのに彼らがまったく慌てる様子もないのはいつもこの程度の時間を彼らは待たされているのだろう。一時間が過ぎた頃京風がやっと姿を現すと二人は何も言わずに京風に頭を下げ座席の上の毛布を取り上げると京風が乗りやすいように手を差し伸べる。倫三郎にしたら京風と俥夫たちの一連の無言のやり取りを見ていると、彼らには見て見ぬふりをしなければならない両者の間の秘密めいたものを見たような気がしてくる。

「田宮君、何だか甘いものが食べたいのだが付き合ってくれるかね？」

そう言いながら俥上の倫三郎を振り返った京風の目がなぜか赤くなっているように彼には思えたが、京風は彼の返事を待つでもなく俥夫に行き先を告げると目を閉じた

人力車は往く時と同様にほど良い速度で川沿いを走り抜けていくが二十分ほどすると徐々に道は混雑し始めてきた。俥夫たちは入り組んだ路地を器用にすり抜け上野広小路にある松坂屋百貨店の裏手に俥を止めたが俥が停車した目の前には老舗の甘味処の暖簾が掛かり、どうやらそこは京風の通い慣れた店らしい。彼は慣れた様子で暖簾をくぐるとこれまた慣れた足取りで、そこが彼のいつもの定位置なのか一番奥まった席に歩いていく。そして二人が向かい合って座ると少し疲れたのか京風は小さくため息をついた。

「私はアンミツにするが君は何にするかね？」

倫三郎を見つめる彼の目はどことなく悲し気に思える。

「僕も同じものをお願いします」

注文を取りに来た女店員にアンミツを注文した後の京風は彼がいるのも忘れたように自分

の手のひらをいつまでも見つめているだけで、向かいに座っている倫三郎には目をやろうともしなかったが突然我に返ったように口を開いた。

「で、どうだい？」

ちょうどその時アンミツが二人の前に運ばれて来た。

本田邸に入って彼はまだ一度も京風に原稿を見てもらっていなかった。そこで彼は原稿の進捗（しんちょく）状況を京風が聞いているものだと思い素直に書けない状況を説明する。すると京風は一瞬怪訝な顔をしたものの、倫三郎が小説家になるために本田邸に書生として入ったのだということを突如思い出した。と同時に彼は倫三郎にひと月に一度書いたものを見てあげようと約束したことも思い出したのだが実のところ京風は自分が今抱えている幾つもの困難な問題に気が取られているため倫三郎との約束のことなどすっかり忘れてしまっていたのだ。

「あぁ、そうだったね。そう言えば君は書き上がったものを一度も見せに来ないね」

「すみません、書こうと努力はしているのですが疲れてしまって気力が…」

京風は驚いたように目を瞬（しばた）かせるとスプーンにすくった寒天を元に戻した。

京風は抱える幾つかの問題がいかに通常の思考さえも停止させてしまっているのかを考え、自分のここ数カ月の欠落してしまっている思考の薄気味悪さに身震いするが同時に倫三郎に対する約束も失念してしまっていた申し訳なさを痛切に感じる。

「家内にはちゃんと言ってあるのだけれどな。そうか、それは気の毒なことをしたね」

京風が言っていることは確かに事実だった。彼の一存で書生として倫三郎を本田家に住まわせると決めた後、こまごまとした取り決めを亜希乃には言っていたのだが、彼女はそれを実行しようとはせず次から次へと仕事を作り彼に押し付けていたのだ。

京風は寒天をすくい直すとそれを口に運びじっと何かを考えている様子を見せる。

「すみません。余計なことを言ってしまって」

言いたいことは限りなくあったが、彼は他人の家の釜の飯を食べるということはこういうことでもあるのだと半分諦めの気持ちにもなりかけていた。家賃を払って下宿していた頃は、朝から晩まで日雇い仕事をしていても食べるものも食べられずいつも頭痛や下痢の症状があり、あの時は今よりもっと過酷な状態だったじゃないかと思い返してみる。

「いや、私も自分のことで頭がいっぱいになっていて悪かった。明日から朝はもう少し遅くから、夜はもう少し早くに終わるようにして昼休みも十分な休憩をとれるようにしよう」

「有難うございます。先生に褒めて頂けるいい作品を作ります」

自分の書く正統派の小説などはどうせ今の京風には褒められることもないだろうと思いながらも、嬉しくなった彼は思わずそう言ってしまう。

向島に行った二日後、彼が京風に呼ばれて書斎に行くと京風がいつもの穏やかな顔で待遇改善の話を早速切り出した。

「働いてもらう時間は原則として朝の八時頃から夜は六時までにするが、正午から午後二時までの二時間は昼休みとして自分の好きなように使いなさい」

亜希乃は京風から倫三郎の待遇改善の話を聞くと彼をそのように優遇することに面白くなさそうな顔をするものの、さすがの彼女も京風の命令には逆らうことは出来ない。

「私も九時過ぎまでのこれまでの執筆を五時半には終らせるようにしよう」

それだけの時間があればいま中途半端で止まっている作品は何とか形になりそうだ。彼は口笛のひとつでも吹きたい気分になっている。

翌日、昼食をとるのももどかしく掻き込むように食事を終えると彼は外へ飛び出した。京風は慌てふためいた倫三郎の下駄の音が遠ざかるのを書斎で聞きながら思わず微笑みを漏らす。私が自分の心配事ばかりに心を砕かずあいつの苦悩にもっと真摯（しんし）になってやっていればもっと早くこんな時間を作ってやれたのにと今更ながら思う。

待遇改善の約束以来、夜五時半には仕事を終えるようにした京風は倫三郎が掃除に入る頃にはすでにそこにはいない。しかし数日に一回ほどは掃除をしに来た倫三郎と書斎の入り口ですれ違うことがあったがそのような時彼はいたずらっ子の目をして屑籠を指さしながら「家内には内緒だよ」と囁く。倫三郎も何も言わずに大きく頭を下げると真っ先に京風の指さす先の屑籠の掃除から始めるのだがそれは京風が妻には分からないような方法での倫三郎を応援するやり方の一つだ。彼は二、三字書いただけの原稿用紙やまったく白紙のままの原稿用紙の束をわざと乱雑に折ったりしてそれを屑籠の一番下に隠しその上に丸めた本物の紙くずを載せたりしてさり気なく彼に渡してくれる。

書斎の掃除を終えて自分の部屋に戻った彼の楽しみは麻袋の一番上に乗せた原稿用紙を取り出しその厚みを確かめることだった。その当時、原稿用紙など使う人は物書きなどの特殊な職業の人に限られていたし、ましてや京風のように名前入りの原稿用紙を特注するなどという人は滅多にいなかった。彼は丸められた原稿用紙を床に置くと手のひらを滑らせ一枚一枚シワを伸ばしていく。決して元通りにならないそれらを見ているうちに京風のなんとも温かい気持ちがおのずと伝わってくる。

文字通り本当のゴミだけになった麻袋を担いだ彼は勝手口から外に出ると、据え付けられている木造のゴミ箱の木蓋を開ける。その時お腹を空かせた野良犬だろうか、夜目にも弱々しくみえる一匹の犬が距離を置いて彼を見つめながら右へ左へと動き回る。

彼のその日の仕事のすべてがそれで終わりとなりあとは終い風呂に入るだけだ。彼がそのあとの風呂掃除をしなくて済むのは残り湯を翌日の掃除に使うためだがそれは彼にとってはひとつ仕事なくなることでそれはとてもありがたいことだった。

一日の仕事が終わるのが以前と比べて三時間も前倒しになったせいか、ここのところの彼の心持ちはとても穏やかになっている。そのせいか彼の頭の中には小説の構想が次々と浮かんでくるが彼はとにかく書きかけの作品をまず仕上げてしまおうと机に向かう。

今までのあの懊悩(おうのう)はいったい何だったのだろうと思いながら、彼はこれからの数時間をたっぷりと机に向かえる喜びに身を震わせる。机の前に居住まいを正した彼は原稿用紙に向かって一気に鉛筆を走らせ始めたがそれがどれくらいの時間続いた時だっただろうか、玄関の扉の向こうでかすかな声がする。通常ならばすべての音が消えたこの時間にこの部屋に通じる庭の砂利道を誰かが歩いて来たとすれば何らかの音がして、当然彼は気が付くはずなのだがそれにもまったく気付かなかったということは彼も余程興が乗っていたということだろう。

「田宮さん、電気代がもったいないし明日の朝も早いのだから早く寝なさい」

亜希乃の尖ったその声は、彼に対しての普段からの怒りの感情を押さえきれなくなっているようで一オクターブ高くなっている。

「すみません。すぐ寝ます」

慌てて立ち上がった彼が柱に掛かった時計を見上げると針は三時をさしている。こんな真夜中に起き出して使用人が無駄に電気を使っていやしないかと、わざわざやって来ては探りを入れる彼女の底意地の悪さに倫三郎は思わず舌打ちをした。彼は電灯のスイッチをひねり明かりを消すと慌てて布団にもぐりこんだのだが、彼女は倫三郎のすることは信用ならないとでも思っているのか、扉の向こうには長いこと人の佇む気配がしている。そしてやっと気が済んだのか庭の小道の砂利を踏み締める小さな足音を残して彼女は去って行った。

「ちょっと不思議に思うのですが、今までのあなたの話からは屋敷の中には子どもたちの賑わいがまったく感じられないのですが京風夫婦には子どもはいなかったのですか？」

雨がまた降りだしたのか叩きつけるようなその雨音は開けっ放しにした画廊の中にまで伝わってくるがその雨音に負けじとばかりに久須夫は声のトーンを上げる。

「いや、京風夫婦には異母兄妹の三人の子どもがいたのですが、倫三郎さんが書生に入った時には三人が三人とも実家を離れていて、倫三郎さんが三人の子ども達の存在を初めて知ったのは京風先生のお供で向島へ行った翌週のことだったそうです」

若い男は三人の子どもたちが実家を離れて暮らさなければならなかった事情も倫三郎から聞いているのか少しつらそうに眉間（みけん）にシワを寄せる。

倫三郎が本田京風の子ども達のことを知ったのは彼が京風のお供をして初めて向島に行った翌週のことだったがその日次男の友次郎（ともじろう）と長女の朋子（ともこ）の二人が示し合わせたように実家に

帰って来たのだ。朝早くに一人で人力車に乗って帰って来た朋子はこの屋敷には似つかわしくない若い男が腕木門の向こうで敷石の僅かなずれを直しているのを見て庭師が来ているのだと思いながら門戸を引いた。スキップをしながら庭に入って来た幼い少女を見て倫三郎はその少女に爽やかな笑顔を見せながら挨拶代わりに首を上下させた。

「植木屋さん？」

しきりに首を傾げる少女の水玉のリボンが春風に揺れている。

「いや、僕はこの家の書生だよ」

「フーン、いつから？」

「一カ月とちょっと前からだよ」

二枚の敷石を調整し終わった男は次に垣根の歪みを直すためか背中を見せて歩き出した。

「私は朋子。あんたは？」

彼の後を追いかけてはなおもあれこれ聞いてくるこの子どもはいったい何なのだろうと思いながら彼が振り向くと丁度そこにやって来た料理係の克子（かつこ）が大きな声を張り上げる。

「お嬢様、お帰りなさいませ」

克子は眉を顰（ひそ）めると彼の袖を引っ張った。

「田宮さん、この方はこの家の朋子お嬢様ですよ」

彼は初めて耳にする新しい家族の出現にいささか驚く。

「田宮？　田宮…名前はなんていうの？」

朋子は彼になおも食い下がる。

「倫三郎です」

「リンザブロウ？　じゃあ私、これからリンちゃんと呼ぶわね」

朋子は彼の名前を聞いてやっと安心したのか持っていた荷物を克子に渡すと何事もなかったかのように隣の双葉の家へ走って行った。

それぞれ違う家に住んでいる兄妹が同じ日に帰って来る、滅多にないそのようなことがなぜかその日は起こり朋子に続いて次男の友次郎が珍しく実家に顔を出したのだがそれにはそれなりの理由があった。先週父親から届いた手紙で彼は小説家志望の二十二歳の男が書生として本田家に下宿したことを知らされたからだ。小説家志望といってもその実力の程はまったく未知数であると父親の手紙は続けるが日常の仕事ぶりに関しては的確で実に美しくどのようなこともきちんと仕上げる見どころのある青年だと彼を褒めた京風のその手紙に、まだ見ぬ倫三郎にあろうことか嫉妬心を燃やした彼は偵察のために早々に帰ってきたという訳だ。

友次郎が京風の手紙に異常な反応を示すのにはそれなりの理由があった。幼少の時から父親の背中を見て育ってきた彼は自分も将来は父親のような物書きになりたいと思うようになり、実際彼は小さい頃から文章を書くのが好きで、尋常小学校に入学してからも作文コンクールなどでは常に表彰されたりしていた。十七歳なった今は時々父親に書いたものを見てもらったりしているのだが彼の自信の割には父親の評価はすこぶる手厳しい。実の母親を六歳の時に亡くした彼に対してどうしても京風は甘やかしてしまうところがあり、尋常小学校や旧制中学レベルでの全国コンクールの特選も父親の京風は過大に評価してしまうところが往々にしてあった。しかし今、十七歳になった友次郎の作品をいくら過大評価したとしても文学作品の水準には達していないのは、時々送って来る彼の原稿を見ても明確に判断できる。

「おい、君が新しい書生の田宮倫三郎か」

梯子(はしご)に上った倫三郎が自分の部屋としてあてがわれた円形の洋館の高い窓のガラスを竹竿に括りつけた雑巾で拭いていると、いつの間にか裏庭に廻って来た友次郎が声を掛ける。梯子に上ったままの彼は目の前のガラスに映ったまだ子どもとも思える少年が腕組みをして彼を見上げているのを見て不愉快そうに唇を歪める。腕組みをしたままの少年は倫三郎が梯子から降りるのを待っていたが、彼の問いかけを無視したまま手を動かし続ける倫三郎に少年の声が一段と大きくなる。

「おい、田宮倫三郎かと聞いているのが聞こえないのかよ」

倫三郎は相変わらず手を動かしながらガラスに映る少年を睨み付けた。

「聞こえているが、まずは自分の名前を先に名乗るのが礼儀じゃないのか」

少年は振り向きもしない彼に苛立ちを見せるといまいましそうに唾を吐いた。

「せっかく掃除をしている庭に唾など吐かないで下さい」

彼はあくまで冷静に少年に言う。

「僕はこの家の次男だ」

きょうは何という日だろう、よりによって今まで話にも聞いてなかったこの家の長女と次男が一度にご帰還遊ばすとは何という偶然だ！

「まさか次男という名前ではないんだろう？」

笑いながら梯子を降りた彼はからかうように友次郎を見る。友次郎はそこで父親がやけに褒めていた男の顔を初めて見たのだがその男が野心に燃えたギラギラした男でなくむしろ気弱そうに見えたことに少しほっとする。

「本田友次郎」

「きょうは何という日だろうね、朋子さんもさっき帰って来ていたよ」

彼はそう言うと汚れた水の入ったバケツを持って洗い場に歩き出した。

友次郎は人の良さそうな倫三郎の顔を見て、こいつにはあまり才能はなさそうだと判断したのか先ほどまでのたぎる戦闘意欲もすっかり無くしてしまったようで、屋敷に滞在していた二日間は彼に突っかかることもしなくなった。

今回の友次郎の久しぶりの里帰りは京風の出した手紙に倫三郎のことが書かれていたので彼は慌てて帰って来たのだろうと京風は理解し、友次郎の中に作品を書くことへの焦りが生じているために違いないと推測する。そしてしきりに倫三郎はどういう作品を書いているのかと聞く息子に京風は辟易しながらも「まだ何も読んでいないから分からない」と正直に答え友次郎が先日送ってきていた小説にとりあえず大甘の評価を下して彼の自尊心をくすぐってやる。彼が息子にそう言わざるを得ないのも捻じ曲がった親の愛情そのものだと彼は忸怩（じくじ）たる思いの中にいる。

父親の言葉に幾分気持ちが収まったのか、友次郎は来た時の険のある顔を穏やかな笑顔に戻すと三日目には鼻歌を歌いながら帰って行った。

いっぽうそれまで半年に一度ほどだった朋子の里帰りが倫三郎に会ってからというものは短い周期になっている。

いつの間にか倫三郎を自分たちの仲間に組み入れた朋子と双葉は遊び仲間が増えたと大はしゃぎをして、彼の後をついて回ってはそのそばで遊んでいる。

「リンちゃん、お願いがあるの」

朋子は庭で薪割をしている倫三郎に文明堂のカステラの入っていた木箱を渡すとベッドを

作ってほしいと言う。それは貰い物の文明堂のカステラの空き箱のようだが、彼はそれを受け取るとひっくり返したり叩いたりしてみる。

「分かった、明日の朝まで朋ちゃんと双葉ちゃんに可愛いベッドを作っておいてあげるよ」

そう断言した彼が山積みの薪から一番上の一本を取り薪割りを始めると、彼の言葉に安心した二人は中断していた石けりをまた始める。見える所に倫三郎がいてくれるというだけで二人はいつも安心して遊んでいられた。牙をむき出し大きな犬が襲ってきた時もそしてシマヘビが庭を横切った時も彼は二人の悲鳴にその都度駆けつけては二人を安心させてくれる。

虫のすだく音が一段と高まっている。春先の今に鳴く虫と言えば成虫越冬したクビキリギスだろうが、この騒がしさも産卵前の彼らにとっての欠かせぬ饗宴だと思えばそれも彼には愛おしく思えてくる。彼がそのように優しい気持ちになれるのはその日も彼の思考が明晰で筆は滞りなくかなりのマス目を埋めていっているからだ。

「このままいくともう少しで先生に見て頂けるぞ」

京風と倫三郎のあまりに違うテーマそして文体だから、彼はかえって京風に気に入って貰おうという気構えがないので心置きなく自分の言葉で書くことが出来ている。もし彼が京風を尊敬し京風と同化したいなどと思うことになれば、彼は一行ごとに書いては消しまた書いては消しを繰り返すだろうし、また先生ならこのような場合はどのような言い回しをするだろうかと五分ごとに筆が止まってしまうに違いない。だが問題なのは昔の京風ならいざ知らず今の京風がはたして自分の書いたものに正当な評価を下せるのかは甚（はなは）だ心許ない。

倫三郎が本田邸の書生に入って二カ月以上が経っていた。倫三郎は初めて書き上げた小説を持つと京風の書斎のガラス窓を庭側から軽くノックした。庭側から彼がガラス窓を叩いたのは、許可がない限り決して母屋には立ち入らないという京風との約束があったからだ。

「先生、今いいでしょうか」

ガラス戸越しの彼の声に京風は上がってくるようにと身振りで反応する。

京風がその時間帯は執筆中なのは倫三郎も当然承知していたのだが、しかし彼は昨晩やっと書き上げたその作品をとにかくまず京風に読んで欲しかったのだ。ガラス戸越しの遠慮がちだが力強いその声を聞いて京風はとうとう書き上げたかと大きく頷く。

机に向かっていた京風が体を捩（よじ）り入口のほうに目をやると勝手口から入ってきた倫三郎が大事そうに原稿用紙を抱え少年のような含羞（がんしゅう）の笑顔で立っている。

「やっとだね。出来たんだね」

京風が頷きながら手を伸ばすとその手にずっしりと重たい原稿用紙が載せられた。

「何枚書いたの？」

「二百枚です」

二百枚だと中編小説だねと言いながら京風は目の前の座布団を指さし座るように促す。

「題名は《青い月》か」

原稿用紙の一ページ目に目を落としそう呟くと京風は原稿用紙をめくり始めたが、二十ページほどを一気に読んだところで顔を上げ大きく頷いた。

「今の私とはまったく違うものだが、だからこそ私に媚びるようなことがなく君の独特の世界を構築していていいね。ここまでの感想だけど主人公にも把握できていない何か大きなものを追い続けるという不条理を書いているのだと思うが、読者も考えざるを得ない難しいテーマだが発想がすばらしいしこの先が楽しみだ」

京風と倫三郎の志向する世界はまったく違うものの、やはり京風には長いキャリアがあり作品を読む力は並みのものではないと倫三郎は嬉しくなる。

「ほっとしたよ。約束したけれど君はたぶん書きたいという気持ちだけが先行していて、結局一生書けないのではないかと私は思ったりもしていたのだが嬉しい誤算だった」

「すみません」

「二十ページほど読んだだけだが君は何かを持っている。将来どのようになるか楽しみだ」

倫三郎は京風の最大級の褒め言葉に恐縮してますます頭を下げる。

「覚えているかい、今年の一月に初めて君がこの家にやって来たあの日のことを」

京風はその時のことが余程おかしかったのかその口元には微笑が浮かんでいる。

「底冷えのする雨の中を歩き続け、寒さで朱を刷いたようになった君が鼻水をすすり上げながら玄関先で家内とすったもんだの騒ぎさ。家内にあれ程までに罵られている君を見ていたら私は君が可哀想になってねえ。威勢だけは良いのだがしかしまだ子どもみたいにも思える君が書生にしてくれと言ってもどんな文章を書いているのか皆目見当もつかないじゃないか。だからとにかく一カ月に一回だけでも見てあげようと執拗（しつよう）ともいえる君の前では空約束でもそう言うより方法はなかったんだよ。そして私がそう言った時のパァーッと輝いた君の顔といったら、今でも思い出すと吹き出してしまうよ」

倫三郎はその時のことを具（つぶさ）に思い出したのか恥ずかしそうに顔を赤くする。

「いや、あの子どもみたいな君が、このような文章を書くなんてまったく驚いている」

京風は感心したように首を振る。

「ただし今読んだところだけでも気になるところが何ヶ所かある。これはきょう預からせてもらって明日きちんとした感想を言うことにするが、手直ししたらもっと良くなると思うよ」

確かに原石のままともいえる彼の文章は人を引き付ける魅力はあるもののもう少し研磨（けんま）す

る必要があるに違いない。

「明日、同じ時間にここにいらっしゃい。アドバイスをしても君のことだから納得しないことはやらないだろうがそれでいい。やっているうちにコツは掴んでいくものだからね」

倫三郎を見つめる京風の目は温かい。

京風は来年早々に「明日のきょう」という新刊を出すことになっており、今は彼のつまらない作品などにかかずらう暇など無いはずなのだが、実は彼には自分の時間を削ってでも倫三郎の作品研磨に協力しなければならない理由があった。それは次男の友次郎の物書きになりたいというそれまでの単なる願望が、この屋敷に倫三郎が住み始めた頃からそれは願望ではなく《物書きになる》という明確な意思を持ったものに変化してきていたからだ。

長男の靖明（やすあき）は会社勤めが忙しいためか実家にはほとんど顔を出さないのだが、次男の友次郎は倫三郎が本田邸に下宿するようになってから実に頻繁に帰ってくるようになっている。それは自分と同じように作家になることを夢見ている倫三郎がどの程度成長しているかを偵察するためだったのだが、それ以上に倫三郎が尊敬する父親とひとつ屋根の下で暮らし寵愛を受けていることが何とも面白くなかったのだ。彼が家に帰って来た時、京風が度々会話の中に倫三郎の名前を出すことにも彼は敏感に反応していたが、近頃ではそのような場面ではあからさまに不愉快そうな顔をするようなってきている。倫三郎の存在が彼のライバル心に火を点けたのは明白で、彼は次々といろいろな作品を書いては父親を煽(あお)り立てる。

しかしきょう読んだ倫三郎の二百枚の作品のたった二十ページを読んだだけでも友次郎の才能は倫三郎の足元にも及ばないのを彼は認めざるを得なかった。京風の少しのアドバイスで勘の良い倫三郎は文章にますます磨きをかけるに違いないだろうと彼は思っている。

どのような分野のことも本人の努力次第である程度の水準までいくことは間違いない。しかしそれ以上ともなるとそれは甚だ難しいことであると結局のところ私は息子に教えなければならないだろうと彼は考える。友次郎には倫三郎のような天性の才能もなければ文章を作り上げていくうえでのセンスもないと思いながらも結局は京風も愚かな一人の父親であった。

京風ほどの知名度があれば親しくしている出版社に声を掛け、友次郎を作家としてデビューさせることもできるのだが、今の彼の実力ではとてもそれは無理な話なのはいくら親バカの京風でも分かる。

遅かれ早かれいずれ倫三郎の実力を知ることになる友次郎は彼をこの家から追い出しに掛かるに違いない。それを思うと京風は切なく、そうなる前に彼は何とかして倫三郎を一人前に育てて、笑顔でこの家から送り出してやりたいと思っている。

彼の第一作目の作品は京風の的確なアドバイスで数段レベルの高いものに仕上がり倫三郎も文章に対する京風の確かな目を認めない訳にはいかなかった。

「この主人公は自分にも把握できない何かを待ち続けそしてそれに振り回され、結局自らが自分の中の不条理という化け物の中に埋没してしまったのだが、難解ではあるけれど新人らしい初々しさに若者の良い意味での強引さが遺憾なく詰め込まれた、読む人に新しい時代の息吹を感じさせるすばらしい作品になったね」

京風は彼が書き直した部分を彼の目の前でチェックすると安心したような笑顔を見せる。そして書き直した作品と一緒に彼が持ってきた新たな二つの作品を手に取った。ひとつは十五枚ほどの《騒がしい花束》でもう一遍は四十枚ほどの《砂漠》というものだがそれは二作とも彼が十九歳の時に書いた作品だ。先日荷物を整理していた時に見つけたものを手直ししてみたのだがそれは書いたことさえ彼はすっかり忘れていたものだ。

「君の十九歳の時の作品とは興味深いなあ。君は書き散らかしてばかりでまともなものは一つも無いなどと言っていたがちゃんと書いていたんじゃないか」

京風はその場で短い方の《騒がしい花束》をパラパラと拾い読みをしながらその場でそれの数カ所に赤字の走り書きをする。気になった個所を簡単に書いておいたからその個所をどのようにしたら良いかもう一度練り直したらこれもいいものに仕上がると思うよと彼にその原稿を返しながら言葉を続ける。

「田宮君はこのような走り書きのようなものはどのくらい手元にあるのかな」

「尋常小学校の時からですのでそんなものでも良ければかなりの量になると思います」

暫く考えていた京風はそれらを一度見せてほしいと言う。そして何かを思いついたかのように机の引き出しから数枚の紙を取り出したがそれは一流出版社といわれている上島書房が来年早々本田京風の新しい分野の耽美派小説の「明日のきょう」を出版するための広告の文案だった。出版社が新聞掲載の文案をいくつか提案してきたもので、その文案を作者の京風に選んでもらおうと思って送ってきたのだ。

「この上島書房だがね、私はその出版社とはもう三十年以上の付き合いになるのだがね、ここに君の作品を推薦しようと思っているんだ」

上島書房といえば文筆家を志す人間であれば誰でもが憧れている一流の出版社で、驚くことに京風がその出版社に倫三郎を紹介すると言っているのだ。

「しかしね、私は君の作品はきょうのも含めて二つしか読んでいない。だから上島書房に推薦するにしても、田宮君がどれだけ書けるのかということをあちらに知っておいて貰った方が良いと思わないか？　私が推薦した君の今回の作品が世に出たとしても次に続く作品の手持ちがあった方が君もあちら側も気持ちに余裕が出来て安心していられるはずだから、そのためには今手元にある君の原稿の中から面白い小説になりそうなものを選んできちんとした作品を六つか七つ作っておこうよ」

倫三郎は良く訳が分からなかったが自分の身に何だかすばらしいことが起きているということだけは理解できた。

友次郎と倫三郎の確執が一段と高まる中、倫三郎に対する友次郎の我慢の限界も今年一杯だろうと京風は推測している。この家にいる間二人の摩擦は極力起こさせたくはない京風は倫三郎には今年一杯で新たな下宿先を見つけてもらうつもりでいる。

「とにかく第一作が出た後は、二作目、三作目と注文がくるかもしれないのだからその時のために作品をどんどん書き溜めておきなさい」

京風の優しい言葉にあまりにもそれは買いかぶり過ぎだと思いながらも彼は多少の負担は感じるものの素直に嬉しかった。不安に身悶(みもだ)えし眠れない夜もあったが今やっと一筋の光が差し込んできたような感覚の中に倫三郎は身を置いている。

その夜できるだけ多く作品を書くようにという京風の言葉を何度も反芻しながら、昼間京風に赤字(あかじ)を入れてもらった《騒がしい花束》を机に広げた。

開け放した窓から切れ切れに男と女の罵り合いの声が重なって聞こえてくる。涼を取るために開けっ放しにしていた三方の窓を彼らのけたたましい声を遮断するため閉めたせいか真夏の残熱は終(しま)い風呂に入った彼に容赦なく襲いかかってくる。手のひらで汗をぬぐいながら彼は檜の文机の前に座り直すと京風が朱を入れた部分を読み返してみる。確かに十九歳の彼が書いたその文章は思い込みが激しく思考が先行してしまっている部分が随所にあり京風が言うように舌足らずの部分が読む者には伝わらず、彼の言わんとしていることが上滑りしてしまっているという京風の指摘は納得できる。

男と女の罵り合いはいつの間にか終わったようで集（すだ）く虫の音（ね）がいっそう高くなっている。団扇（うちわ）片手に立ち上がった彼は三方の窓を思い切り開け放つと机の前に座り直し残りの原稿用紙の折られた部分を次々と広げ京風の走り書きを読んでいった。

「フーッ、暑い」

彼は邪（よこしま）な気持ちで本田邸に入ったものの、本田京風に出会えることが出来て本当に良かったと今は心より思える。現在の本田京風という作家は彼にとっては必ずしも師匠とは言えないかもしれないが、文章の指導においてはまたとない先生だといっても良いかもしれない。

彼は折ったページに書かれたメモから京風の言わんとすることを理解し作中の書き直すべき部分、文章のリズムの強弱加減を頭の中で練り上げていった。開け放した窓からは気持ちの良い夜風が通り過ぎ部屋の中も幾分涼しくなったようだ。団扇を脇に置いた彼は最初のページから集中的に書き直すために体勢を整えた。

翌日、今まで彼が書き散らかした原稿を京風に渡すと数日後に京風は面白い作品になりそうなものを十篇ほど選び出してくれ、それらのひとつひとつに対していささかのアドバイスをしてくれたのだか、それによってただ書き散らかしただけの彼の文章が明確な意思を持って呼吸を始めたように思われた。

十月も末になったが倫三郎の筆はますます伸びやかに流れている。その日も原稿用紙を前にした彼が鉛筆を下ろそうとしたその時、庭の小道を誰かが歩いてくる気配がした。

母屋から離れたこの洋館に彼が住むようになってからも里帰りした朋子が面白半分に洋館を覗いたりすることはあるが、それ以外は誰が訪ねてくる訳でもなかった。

母屋から離れている、少々物音を立ててもそこは外部には聞こえない独立した建物ではあったが、それでも倫三郎は気を使って普段から極力物音は立てないようにしていた。底冷えのするその日も彼は体に布団を巻き付け本田京風がわざと屑籠に捨てる感じで倫三郎に分けてくれた原稿用紙を前に彼はその微かな音の出どころに聞き耳を立てている。

(もしやまた本田夫人か?)

倫三郎は身を固くして玄関扉のほうに首を巡らせる。やがてその足音は玄関の前でピタリと止まったものの声を掛けるのを躊躇(ちゅうちょ)しているようだ。

「田宮さん」

亜希乃夫人の頼りなげに囁く声に倫三郎は慌てて京風に貰った机の上の原稿用紙を集める

と机の下に押し込んだ。

「まだ寝ないんですか」

　これまでも彼女は再三にわたって夜中にこの離れまでやって来ては倫三郎が遅くまで起きているのを咎（とが）めているが、どうせきょうもそのことを言うためにわざわざ寒い中をここまでやって来たに違いない。彼にしたら執筆できる、そして一番興の乗る時間は夜遅いこの時間しかないのだし、とにかくここは下手（したて）に出てお引き取りを願おうとそれに対する気の利いた台詞（せりふ）をあれこれ考えてみる。

「すみません、いま寝ようと思っていたところですから」

　居住（いず）まいを正した彼は亜希乃が見ているわけでもないのにその場でていねいに頭を下げてみせる。だがそれを聞いても彼女は黙ったまま寒い庭に立っているようで何の物音もしない。騒ぎが起こる前に布団に入ってしまうのが一番だと彼は電気を消すために立ち上がりかけた。

「あのぉ、入ってもいいかしら」

　彼の返事を待たずに鍵穴に鍵が差し込まれる金属音がするとカチッという小さな音と共に扉はわずかにきしんで外の冷気を室内に招き入れる。いくら彼女が雇い主とはいえ他人の住まいに無断で入ることは許されない範疇（はんちゅう）のことだろう。真夜中のこのような時間に何という非常識なことをするのかと驚愕と怒りで彼の感情は統制が取れない状態になっている。憤怒（ふんど）

の形相で玄関と大広間の境の扉を睨み付けた彼はそこにドアノブを後ろ手に握りしめたまま虚ろに彼を見つめている本田夫人をみた。彼女の唇には薄く紅が引かれ、目は焦点が合わず今にも眠ってしまいそうにゆっくりとした瞬きを繰り返しては怪しげな光を放っている。浴衣の上には暖かそうな肩掛けを羽織ってはいたがそれでも彼女は小刻みに震えている。立ったまま虚ろな目で部屋の中を見回していたがその時驚くことに彼女は薄い笑顔をみせた。この屋敷に来てから彼女が笑ったのを彼は一度たりとも見たことがなかったので実際のところ彼女が笑ったことで驚くと同時に何やらかえって怖気を震う薄気味悪さだ。

「な~んにもないのね」

気だるそうにそう言うと今度は幼子のように無邪気に笑う。そして後ろ手に大広間の扉を閉め部屋の中に入ってきた彼女は背伸びをして腕を伸ばすと電灯のスイッチを切った。月明かりを頼りに彼女は倫三郎のそばにやって来ると彼が体に巻き付けている布団の中に入ってきた。そして寒いわと呟きながらその冷たい手が彼の首に回されると彼女は全身をぶつけるように彼に体を預けてきた。その場に押し倒された倫三郎は、自分の身に今何が起こっているのか把握できないまま亜希乃の体を振りほどこうともがいたが案に相違して意外な力で彼女も抵抗をしてみせる。

（これがあの古本屋のおやじの言っていた本田京風の書く妖しげな世界のことなのか）

彼は一瞬その世界を覗くためにこの屋敷に入ったのだからそのような状況になることも吝かではないと思ったものの、魔物に魅入られたような不気味さを感じた彼はやっとの思いで布団を払いのけると立ち上がった。深夜に男の部屋へやって来ることといい初めて見る笑い顔といい、彼は何ともいえない薄気味悪さを感じて思わず詰問口調になる。

「何をするんですか」

「わたし、寒いの」

ほのかな月明かりの中でそれまでのあの力強さからは考えられない彼女の頼りなげなか細い声がする。しかし彼はそれにお構いなく電灯のスイッチをひねるとそこには太腿も露わになった亜希乃が眩しそうに両手で顔を覆った。

「出ていってくれ」

彼は二人の会話が母屋に聞こえるかもしれないと思い極力抑えた声でそう言ってみたが恐怖のために身を大きく震わせる。しかし亜希乃は本当に寒いのか体を震わせたまま動こうとしない。真夜中に布団を敷いた部屋で太腿を露わにした男女が言い争いをしているのを誰かに見られでもしたらどのように誤解されるか分かったものではない。いやもしかしたら物音に目を覚ました屋敷の誰かがじっと聞き耳を立てているかもしれない。そう思った彼は一刻も早く亜希乃にここから出ていってほしいと思うが彼女はしどけなく身をよじったまま布団の上に身を投げ出し、何を思ったのか今度はめそめそと泣き始めた。

「頼むから泣かないで下さいよ」

彼女を無理に立ち上がらせ追い出す方法もあったが、このような場合彼女の体に触れることは彼女に何らかの言質(げんち)を取られるようなことにもなりかねない。彼は仕方なく浴衣がはだけたままの彼女に布団をかぶせると鴨居(かもい)に掛けたフロックコートを寝間着の上に羽織った。

「しばらく僕は散歩してきますので、僕が帰るまでに出ていって下さい」

彼は扉を静かに開け庭に出ると足音を忍ばせ裏口の潜り戸に向かって歩き始めた。

本田邸から歩いて四、五分のところに昼の休憩時に原稿を書くために利用している小さな公園があるのを思い出した彼はそこで暫く頭を冷やそうとその中に入って行った。昼間は見るだけだったブランコに彼は今無性に乗りたい気持ちになっている。そして彼はいま静岡の尋常小学校時代の自分に戻り十数年振りのブランコの揺れに身を任せている。

虫の集(すだ)く音が一段と高まりその間隙(かんげき)をぬってブランコの軋み音はいっそう哀し気に響く。暗闇に目を見開いていると倫三郎は周りの静寂に溶け込み自分が自然という万物と同化していくのを感じていた。

翌日、彼の六作目の作品を前にして京風と彼は淡い秋日(あきび)の差す京風の書斎で向かい合っていた。六作目のそれは前の日に京風に預けた《矩形（くけい）の空（そら）》という中編小説でそれに対しての京風のアドバイスをもらうためなのだが、作品を前にして京風はいつもと変わらぬ優しい眼差しで倫三郎を見つめている。

（昨夜、僕の部屋で起こった一連の出来事を先生は知っているのだろうか）

京風の視線が優しくあればあるほど息苦しさを感じ、彼は慌てて視線を逸らせる。

「《矩形の空》最後まで読ませてもらったけれど、六作目ともなるとますます奥深さが出てきてなかなか面白かったよ。人と人は永遠に理解しあえないというテーマ、つらいけれどそういうことかもしれないね。この主人公が心身ともに悲惨な状況にいる時、過去にまったく同じ体験をした人が《僕も同じ経験をしたからそのつらさは分かる》ということへの疑問符なんだよね。確かにAとBは同じ体験という共通項は持つとしても、一人は今現在のことでもう一人は同じ体験でも過去の出来事であるのだからBは現在のAのつらさは理解しえないし仮にまた二人が時を同じくして同じ状況下にいたとしてもAとBの状況に対する耐性の強弱もあるのだから決してAとBは同じつらさではないはずだということだよね。君は哲学的なこのような問題を読む者に嫌悪感を持たせずに小説にしてしまう、イヤー、なかなかのものだ。それに《矩形の空》という題名も主人公の懊悩（おうのう）と諦念（ていねん）を示唆しているようで素直に納得してしまう」

京風は倫三郎の原稿をぱらぱらと捲りながら、そうだよな、《他人の痛みは百年でも我慢できる》と言うけれど確かにそういうことなんだよなと呟く。

京風の目を見ながら倫三郎は彼の優しさの陰に隠れている諸々の感情を必死に読み取ろうとするがそれは出来ない。

「いつものように折った原稿用紙の所が私の気になったところでそこにヒントを書いておいたのでそれも参考にして後は君が考えるといい」

昨夜の騒ぎがあったあの時間、先生は僕のこの原稿に手を入れて下さっていたので、当然まだ寝てはいなかったはずだと彼は考える。

あの時彼はかなり大きな声で本田夫人を怒鳴りつけ、その後潜り戸から外に出た彼は一時間ほどを近くの公園でやり過ごした。そして気持ちが幾分おさまった時に彼は自分の部屋に戻ったのだがその時すでに亜希乃の姿はなかった。しかし部屋の扉は開けっ放しになっていたし布団や毛布も乱れたままに放り出されていたので誰かが明かりの点いている彼の部屋を覗いたとしたらその部屋の様子からどのようなことを想像しただろう。

「それにしても一作目より二作目、二作目より三作目と一作ごとにどんどん良くなって六作目の今回は私が気になった個所は二カ所だけになって君もすでにいっぱしの物書きだ」

京風の口ぶりはあくまでも優しい。

「先生の大切な時間を僕のために使って頂き本当にすみません」

彼は京風がなぜ自分の時間を削ってまで彼の作品に力を注いでくれるのか分からないまま深々と頭を下げる。

しかし京風は息子と倫三郎の最悪な状況を一日でも早く打開するためには、なんとしても倫三郎に頑張って貰うより仕方のない状況なのだ。友次郎は父親の愛情が他人の倫三郎に移っていくのを危惧しているのか、明日はまた実家へ帰ってくると言っている。彼はその時にまた新作を携えてやって来るのだろうが、京風にしたらそれは間違いなく友次郎と倫三郎の技量の差を見ることで、彼にとってそれはとてもつらい作業になる。

「先生のご指摘を参考に書き直しますので書き上がりましたらまた宜しくお願いいたします」

倫三郎は京風の顔を上目遣いに見上げてから再度深々と頭を下げた。

その夜の書斎の清掃時、屑籠には京風の暗黙の応援なのだろうか、いつもより多い原稿用紙が入っていた。

《矩形（くけい）の空（そら）》も三度の修正でなんとかそれなりのものが出来上がった。それから数日が経ち師走に入ると京風の指示通りの順番で七作目に取りかかり始めた。書き上げる都度見せる作品にも京風は嫌な顔一つせずあの優しい目を瞬かせるとやはり的確な指摘をしてくれる。

（二度とあの悪夢が起こることはないよな）

彼はあれ以来その時間になるとひと月前の出来事をどうしても思いだしてしまう。しかし人一倍気位の高い本田夫人が、書生ごときの青二才にあのような屈辱を受けながら、今後また同じことを繰り返すとはとても思えない。

（しかし仮に彼女の中にいくつもの人格が棲みついていて、そのひとつが先日のあの尋常ではない魔物ともいうべき奴でそれが彼女の中に居座っているのだとしたら、それは彼女のせいなどではなくそれは悪魔の悪戯とでもいう次元のものではないだろうか）

彼は頭を振って邪念を振り払うと第七作目の筆を進めていった。

作品を書く手順や要領は回を重ねるたびに自然と身に付いてきているが、彼の欠点でもある語彙（ごい）の貧しさは如何（いかん）ともしがたく時々彼を行間で立ち止まらせてしまうが彼にとってそれが何とも口惜（くちお）しい。君のセンスで書いていけばどんな素材でも君は佳作にしてしまうとは彼の文章に対しての京風の褒め言葉だが、彼は切実に今少しの勉強の必要性を感じている。

それから数日が経った冬晴れのその日、京風がまた向島に行くという。

「田宮さん、きょうの午後いつものように先生のお供で向島までいってください」

庭で薪割りしている倫三郎のそばに来た亜希乃が愛想の一つを言うでもなく切り口上に用件だけを言うのも彼女の中では雇い主と使用人との区別が明確に出来ているからなのだろう。

連日の原稿の執筆と手直しで寝不足が続いている彼は人力車の中でいくらか仮眠ができるに違いないと嬉しく思っている。そしてその後は恒例になっている甘味処にまた寄るのだろうし、先生はきょうもずっと黙ったままかもしれないが気が向けば先生の長い作家生活での苦労話の一端でも聞かせて貰えるかもしれないと彼の心は弾んでくる。

その日も昼前に俥宿から派遣された人力車が門前に二台止まり、いつもとは違う俥夫が二人所在なさそうに道行く人を目で追っていた。

先生が定期的に向島に足を運ぶようになっていったいどれくらいの年月が経つのかは分からなかったが今ではその付き添い役がすっかり倫三郎に変わってしまっていた。

（平安時代の通い婚の姫君が住むようなあの平屋建ての小さな家にはいったいどのような曰(いわ)くがありどのような人が先生を待っているのだろうか）

彼は京風に付いて屋敷の中に入り、あの中で何が行われているのか見たくもあったがそれが決して許されることがないのは分かっている。一時間ほど待った後にあの家から出てくる先生の目がいつも決まって赤くなっているのを彼はいつも不思議に思っているのだが、きょうも先生の目は赤くなっているのだろうか。

俥夫が膝上に毛布を掛けて俥が走り出すと、俥の心地よい揺れ具合に倫三郎の意識は徐々に遠のいていった。どれ程の時間が経ったのか、俥夫に膝を軽く揺すられ彼が目覚めたのは手入れの行き届いたいつものあの小さな家の前だった。

京風はいつものように固い表情をして俥から降りると着物の襟を整え一つ咳払いをする。その日の俥夫二人も心得ているのだろう、いつもの俥夫と同じように京風の後ろ姿に向かって軽く頭を下げている。

俥夫は縁石に座り煙管をふかしながら何やらヒソヒソと楽しそうに話をしている。その日もやはり一時間近く待たされたが、彼は座る訳にもいかなかったので立ったまま目を瞑り仮眠を取る。俥夫たちの立ち上がるサワサワとした気配に目を開けた倫三郎はこちらにやって来る京風に軽く頭を下げた。やはりその日も京風の目は赤く倫三郎の興味はいっそうかきたてられるが何も言わない。

「何だか甘いものが食べたいのだが、田宮君、付き合ってくれるか？」

京風は歩きながらいつもと同じセリフを言うが、彼の返事を待たずに京風が俥に近づいて行くと、心得た俥夫が座席の毛布を取り上げ京風が乗りやすいように手を差し伸べる。京風と俥夫たちのやり取りを見ていると両者の間には口外してはいけない秘密の約束事が一筆取り交わされているのかもしれない。

俥上の京風はやはりいつもと同じように腕を組むと目を閉じる。そして二十分ほど人力車で揺れた二人はいつもと同じ甘味処に入りいつもと同じ奥の席に座った。しかし二人が頼んだ甘味はいつものものとは違っていた。

「私はくずもちにするが君は？」

「僕はみたらし団子にします」

店の女店員に注文をするとその日の京風はしきりに咳払いしたりお茶を口にしたりで何やら落ち着きがない。その時彼は京風がいつものように彼の背負った重たい荷物を一時ここに降ろすためではなくその日はもっと重大なことを言うためにそこに立ち寄ったのだということを敏感に感じ取っていた。

「で、どうだね」

彼はいつかと同じ言葉を口にする。

「先生のおっしゃるヒントを参考にしてあと少しでお見せできるところまでいっています」

倫三郎は返事をしながら先生は重要な何かを話したいはずなのだとその口元を凝視する。

「そうか…、それは良かった」

二人の会話はそこでポツンと途切れ、暫くの時間があった。

「君は私の家族を奇妙な家族だと思っているんだろうね」

彼は話さなければならないことを頭の中で順序立てているのかまた言葉が途切れる。

確かに倫三郎の静岡の実家は一族の皆が茶問屋の老舗としての誇りを持ち皆が力を合わせ

て前を向いて働いている実に分かりやすい一家だが、それと比較して本田家は実に複雑怪奇で倫三郎の想像を遥かに超えている。

「はあ、でも小説家の家ですので普通の家族のような訳にはいかないのではと思いますが」

「ん、それにしても…な」

京風は小説家という家族であったとしても自分の家族はあまりにも奇天烈過ぎると言う。先日起きた彼の部屋でのあの騒ぎのことを京風が言おうとしているのではないかと思った彼は、自分に落ち度がないにもかかわらず胸の動悸が収まらない。

運ばれてきたくずもちとみたらし団子を前にして二人は依然黙ったままだ。

「さっき行った向島のあの家な、実はあそこには我々の娘がいるんだ」

京風は黒ミツのかかったくずもちに万遍なく黄な粉をまぶしながら自虐的なそれでいて寂し気な笑いを浮かべる。

「朋子ちゃんの他に娘さんがいるのですか?」

「ん、体の右半身に大火傷を負った芙美という十二歳になる娘だ」

朋子には何度も会っているが、その上に女の子がいるということなのだろうか。

「朋子ちゃんのお姉さんということですか?」

「そう、芙美の上には靖明と友次郎がいる。君は友次郎にはもう何回も会っているだろうが彼は今年十七歳で長男の靖明は今年二十四歳になる。男の子二人は先妻との間の子どもで芙美と朋子が今の家内との間に生まれた子どもなんだ」

倫三郎は彼がなぜ家庭の内部のことまで自分に話そうとしているのか理解できないまま皿の上のみたらし団子をこねくり回していた。

京風は彼が聞いていようがいまいがすでにそんなことはどうでも良いようで、今は半分目を閉じた状態で憑かれたように暗い過去を話し始める。

私が先妻を亡くしたのは十四年ほど前のことで私が四十四歳の時だった。上の靖明が十二歳で下の友次郎が尋常小学校に入ったばかりの六歳だったがそれから三年が経った時に今の家内と結婚をしたのだ。人を介して知り合った医者の娘の亜希乃はその時まだ二十歳になったばかりの子どもだった。二十歳になったばかりのそんな子どもみたいなのが私のような初老の男のところへ嫁に来るのは私にとっても青天の霹靂（へきれき）でしかなかったのだが、家内にすればすでに世間的にも名の知れている作家という私の肩書に魅力を感じるような計算高い所があったのかもしれない。その時にあいつが出した条件というのが先妻の子どもとは暮らしたくないので子どもたちは親戚にでも預けてくれというものだった。確かに息子たちもすでに十五歳と八歳になっており、二十歳のあいつにしたら先妻の子どもなどは余計者だっただろうし私にしてもあいつと年の変わらないすでに大人ともいえる十五歳の息子たちが一緒に暮らすのは不安だった。そのうち何か間違いでも起こりかねないという思いもあって、二人の息子は子どものいない親戚に預かって貰うことにしたのだ。

それから一年後には芙美がそしてその四年後には朋子が生まれ私の作家生活も順調で何の不安もないものだった。あの当時は私も文壇で大いに活躍をしている頃で屋敷にも人の出入りが多く、雑誌や出版社の編集者や新聞記者たちそしてその中には各界の名だたる著名人たちも混じっていたよ。友だちが友だちを呼びそれだけの多種多様な人たちが引きも切らずにやって来るのならいっそのこと本田邸を社交の場として活用したらどうかという話が財界の人から出たんだが、その話に一も二もなく賛成したのは賑やかなことが大好きなうちの家内でね、私は家内が喜ぶのであればと消極的ではあったが賛成の立場だった。なにしろ私には家内があまりにも若くして私と結婚してくれたという負い目があったし、いつも屋敷内で二人の幼い娘と使用人とだけの生活では退屈だろうという思いもあった。ひと月に一度我が家でパーティーをするようになれば家内に友だちができるかもしれないという思いもあった。いま田宮君が使っているあの洋館な、あれは大勢の人が集まるパーティーのために建てたもので、あの当時あのだだっ広い大広間は豪華な調度品で埋め尽くされ集まる人たちの口からは大きなため息が漏れ聞こえてきたものさ。そう、あの日までは…そう、あの日まではな。

最後のパーティーは今から七年前の海外からの客も交えての格別に豪華なクリスマスパーティーだった。あの時の薄紫のシルクのロングドレスにエメラルドの首飾りをつけた家内の何と美しかったことか、その気高い美しさにその場にいた人たちは思わず息を飲みただ口をポカンと開けたままだったさ。宴もたけなわになった会場には暖炉の火が燃え盛りその熱気とふるまわれたアルコールのせいで皆の気持ちはいっそう高揚していった。一時間に数回、大広間の壁際に据え付けられた大型暖炉の火力が落ちた頃を見計らった使用人が暖炉のそばに現れると慣れた手つきで数十本の薪を手際よく補充していくので大広間の春のような暖かさが絶えることはなかった。その日のパーティー会場での唯一の子どもは五歳の芙美だけで、ブルーのベルベットのドレスに身を包んだ彼女は退屈することもなく皆の周りを飛び回っては愛嬌を振りまいていた。その時暖炉の火力が弱くなってきたのに気が付いた使用人が慌てて暖炉のそばに駆け寄ると暖炉の横に積み上げられた薪を手際よく補充し始めた。丁度その時スキップしながら暖炉の前を通りかかった芙美のドレスの裾に勢いよく爆ぜた薪の木っ端が絡みついたのだがドレスの裾を焼いた炎はあっという間に彼女を包み、彼女の悲鳴と共にホールにいる全員がその場に凍り付き悲鳴のする方に目をやった。しかし高く上がった炎の周りから全員が後ずさりするだけで誰も手出しができない。すると誰かが天井から吊り下がった分厚いカーテンを引きちぎると火だるまの芙美の体を覆ったのだがすでにその時にはドレスはすべて溶けてその一部が芙美の皮膚と同化してしまっている状態だった。

病院で芙美の顔を見た家内は自分の娘であるにも拘(かか)わらずあの子の顔は二度と見たくないと言って、それ以来芙美は向島の家内の実家に預けっぱなしにされているんだ。家内の実家は医者でもあるのだが私はその伝手(つて)を頼りに全国の一流といわれる医者に芙美を見てもらい皮膚の移植手術も何十回となく受けさせた。しかし芙美の場合は重度の火傷のためかあれから何年も経つというのに未だに重篤ともいえる状態が続いているんだ。

それ以降家内の神経は異常ともいえるほど敏感になり、自分でも自己の統制が取れなくなってしまっている。

そのようなことがあった後は家内だけではなく当然のことながら私の心も確実に変調をきたして困ったことにそれは作品にも如実に表れてきてとにかく書けない、一行も書けない。情けないことに私はまったく書けなくなってしまったのだよ。

悶々とした日がどれくらい続いただろうか、そのような状態でも机の前に座っていればひょっとして奇跡が起きるかもしれないという一縷(いちる)の望みを託した私はとにかく毎日机に向かっていたのだが奇跡など起こるはずはない。季節は巡りあの時から何回目の初夏になり庭一面カモミールの花は咲き乱れ、風向きによってはリンゴに似た甘い香りが開け放した書斎へほのかに入ってくる。我が家の庭には一年中途切れることなく花が咲いているのだが幼かった芙美は何の変哲もない寂し気なその花が好きで毎年その季節の食卓のテーブルには彼女が庭から摘んできたカモミールが飾られていた。私は今を盛りのその花を見ながら二度とこの家には戻れないであろう芙美を思い、それなら私もこのまま書けなくなって作家生活を終えるのも決して悪いことではないのではないかなどと諦めにも似た気持ちにもなっていた。

　その日も真っ白い原稿用紙を睨んだまま私はすでに二時間近くも机の前に座っていたのだがその時カタッと音がして誰かが書斎の扉を開けたような気配がしたんだ。執筆中はどんなことがあっても書斎には入ってこないようにと家人にも使用人にも厳命（げんめい）しているのにと書けない私はいっそう苛立ちが募り怒りのままに扉のほうに体を反転させた。

　数年前から白内障になっている私はそこにいるモノの正体を見極（みきわ）めるために最大限に目を見開いてみた。すると薄い靄の向こうに裸の上に襦袢を一枚まとっただけの家内の姿が見えたんだ。何ごとが起こったのかと驚きながらも思い違いかもしれないと思った私はずれていた眼鏡を慌ててかけ直すと再度対象物を確認した。しかしそこにいたのは間違いなく家内で、それまで私が一度も見たことがない何ともしどけない恰好をしたあいつがいたのだ。

「おい、どうしたのだ、気分でも悪いのか？」

　彼女のそばに駆け寄った私を見る彼女の目が誘うように潤んでいる。そしてくすくす笑いを始めた彼女はおぼつかない足取りで部屋中をゆらゆらと歩き始めた。

「おい、亜希乃、何があったんだ？」

そう言いながら私は亜希乃の背後に回ると彼女を羽交い絞めにしそのままゆっくりその場に座らせた。私は彼女のはだけた胸元をかき合わせそして前身頃（まえみごろ）を引っ張り露わになった太腿を覆い隠した。彼女は私のなすがままに身を任せていたが、その時突然ウーッという奇声を発したかと思うとその場に仰向けに倒れ込んだんだ。

慌てた私が彼女の心臓に耳を当てると鼓動は健康そのもの実に規則正しい動きを繰り返しているしわずかに開いた唇からは規則正しい寝息も漏れている。私は始めてみる彼女の振舞いに驚いたものの彼女のそのあどけなくそしてしどけない寝顔を見ているうちに不謹慎だとは思うが突如書くべきことが閃（ひらめ）いたのだ。私は急いで立ち上がると書斎の内側から鍵をかけ、書斎に常備してある毛布を取り出すと仰向けに寝ている彼女の全身を覆った。そして私はいま一度亜希乃の口もとに手を当て規則正しい呼吸を確認するとそのまま机に向かってそれからの数時間私は筆を走らせ続けた。まったく信じられなかった。私の今までの生硬（せいこう）で文学的な筆致の文章が何者かが乗り移ったかのように官能的な世界を紡ぎ出していたのだから。

こんな世界が私に書けるなんて…それはまるで私の意思とは違った別の何者かが書いているような感覚でもあったが、書いている間は得体のしれない媚薬でも飲まされたような、自分の意思ではないものが自分の内部を占拠して私を支配しているような感覚にもなっていた。

とにかく書いていることそれ自体がカタルシスとも思える時間の連続で、私が気付いた時には四十枚の原稿用紙のマス目は踊るような文字で埋め尽くされていた。

不思議な時間に漂っていた私はふと我に返り、あれからずっと私の背後で寝たままになっているだろう家内を振り返った。しかしいつ書斎を出ていったのだろうか、毛布がきちんと折り畳まれ彼女の姿はそこにはなかった。

(あれは幻覚などではない。その証拠にあいつに掛けてやった毛布がここにあるじゃないか)

私は書斎を出ていったあいつのことも気掛かりだったが、今書き上げた原稿のほうがもっと気になっていた。私は書き上げたばかりのそれを揃えるとゆっくりページを繰っていった。

「先生の作風があのように百八十度変わったのはその日を境にしてからなんですね」

倫三郎は息を荒くしたまま京風を見つめる。

「そう、家内はそれからも何回かあの時のような状態になって私の創作意欲を掻き立ててくれたがあいつにはその時の記憶がまったくないようなので私はあえて追及をしないことにしている。本当はそれ相応の専門病院に連れて行ってきちんと診てもらわなければいけないのは分かってはいるのだが私はあえて連れて行かない。確かにそれは私のエゴかもしれないとも思うが物書きの私にとって今の亜希乃は私にとって間違いなくマリア様でありまた女神様でもあるのだからいなくなってもらっては困るのだ。もし私の前からあいつがいなくなってしまったら私はまた書けなくなりきっと暗黒の日々に戻ることになってしまう」

「…」

「あいつの中に己ならざる何者かが棲むようになってからはあいつの中から芙美という存在は消えてしまったようにも思える。彼女は芙美に対する罪悪感に堪え切れなくなりそこから逃避したいという気持ちが彼女の中に別人格を作り出し、その別人格に自分のつらい感情を引き受けさせたのだろう。そうなったことで彼女はつらいことを忘れることが出来救われたということなんだと思う」

「よく解離性同一性障害になる人は幼児期に強いストレスを受けていたと言われていますが、大人でもそういうことは起こるのでしょうか」

「そういう意味では家内の場合は稀なケースでもあると思うが医者に見せた訳ではないので何とも言えないが多分そうなのだろう」

京風はつらそうに唇を歪める。

そのような出来事があって私たち夫婦の中はかろうじて均衡を保つようになり…といっても何とも危うい均衡なのだが、芙美のあの事故から実に三年が経っていた。

今、長男の靖明は二十四歳、次男の友次郎は十七歳になったが、この二人は私が亜希乃と結婚する時に彼女の希望で親戚に預けられたのだが、今になってあの時二人を家から出しておいて良かったとつくづく思っている。時々起こる亜希乃の尋常ではない振る舞いに、母親といっても所詮は赤の他人の女が一つ屋根の下であのような振る舞いをしたら若い彼らはどういう行動を起こすか容易に想像はつく。私はあの時家を出される彼ら二人に可哀想なことをしたと後悔もしたが、あの時感じた一抹の不安が今は現実になりかかっている訳なんだ。

しかし私の新しい世界の構築との引き換えとして三歳になっていた朋子は家に置いておくわけにはいかなくなり祖父母の家庭で暮らすようになったのだが本当に可哀想なことをしたと思っている。彼女は三歳になった時、発作が表れる亜希乃と一緒に暮らさせるのは教育上の弊害があるとの私の判断でこの家から出すことになり、麻布区の私の実家で暮らすようになったからだ。一応建前は亜希乃が精神的な病に罹ったためと両親には言ってあったが、何といっても母親のあの痴態を子どもに見せたくないと私が判断したからなんだ。

朋子は親たちの都合で祖父母の家へ預けられ時々実家に帰ってくるような生活をさせられている。今では朋子も私や亜希乃にも馴染むことが出来ず祖父母の家で暮らす方が楽しいと思うようになっていたが、君がここに住むようになってから朋子は君に会うのが楽しみになったのか以前より頻繁に帰ってくるようになっている。そして友次郎も君のことが気になっているせいか良く顔を出すようになっている。今までたまにしか帰ってこなかった二人がそのような状況になって私にしたらあの二人が母親の痴態をいつか見ることになるのではないかと心配でたまらないんだ。

しかしこれは何とも不思議なことなんだが私には亜希乃の発作の前兆がなぜか分かるんだよ。あいつの微妙な指の動きだとか瞳の流れ方だとか、それに体臭がない奴だのにその発作が出る時はふと野山の臭いがすることもある。三、四カ月に一度の頻度でそれは現れるのだが、私はそういう前兆を嗅ぎ取ると使用人たちに臨時の休みを取らすことにしてきたのだが彼らは訳が分からないまま急な休みがもらえることを喜んでいたが君も何回かそう言われて屋敷から出されたことがあっただろう。そういう時に屋敷にいつも残って貰うのは富士子だった。富士子は亜希乃を小さい時から世話をしていた女で亜希乃が結婚する時に彼女も一緒にこの家にやって来たわけなんだが、初めて家内がそのような発作を起こすようになってからも彼女はずっとあいつのそばにいてくれた。家内の発作が起きた時、富士子は五十を過ぎたあの年で気の触れた真似をして長襦袢一枚の姿になってくれたりしたこともあった。

「ねえ田宮君、こんな本田家のみんなが幸せになるにはどうしたらいいのだろうね」

話し終わった京風はシミの浮き出た手の甲をじっと見つめたまま唇を噛む。

その晩の倫三郎の眠りが浅かったのは師走の急激な気温の低下にせんべい布団二枚の彼の体が対応できなかったせいばかりではなかった。その日は向島から帰ってからも彼の心に京風の話す本田家の秘密が重くのしかかったままになっていた。

京風は今や亜希乃のいない生活は考えられない状態になっているようなのだがしかし彼の求める妻は以前の健康体の妻ではなくあくまでも解離性障害を患っている今の妻なのだ。仮に夫人の病気が完治してしまったとしたら彼女は娘に大やけどを負わせた罪にまた苦しむことになるだけでなく、必然的に京風の作家生命もそこで断ち切られてしまう。それを思えばあの屋敷で京風と亜希乃が今の状態のままで仲睦まじく生涯を共にする環境こそが一番優先すべきことかもしれないと彼は思う。そしてそれと同時に三人の子どもたちが実家に寄りつかないようにするには、その元凶ともいえる彼自身がここから出ていくのが一番良い方法なのではないだろうか。そうすれば先生が一番気にかけている母親の痴態は少なくとも子どもたちの目には触れることはなくなるだろうから。そう考えそして納得した彼は何度も頷くと強く眦（まなじり）をこすり上げた。

翌日の夕方五時半、一晩中考えて出した結論を言うために彼は書斎の外で仕事を終える京風を待っていた。

屋敷の中では使用人たちがまだ働いているためかどことなく空気の振動が伝わり炊事場では洗い物をしているのか食器の触れ合う音がかすかにしている。京風はまだ仕事をし続けているらしく扉は閉まったままだ。

「先生、お話が…」

彼のノックに中からの反応はない。執筆中は何人たりとも京風に声を掛けることは禁止されているので返事がないのは承知の上だが彼としては一刻も早く彼の出した結論を京風に知らせたい気持ちだ。おはいりと京風の声がしたのはそれから三分ほどが経った時で、彼が扉を押して中に入ってもまだ仕事をしているのか京風は背中を見せたままだ。彼は入り口付近で立ったまま京風がキリの良い所まで書き終わるのを静かに待っている。

「何だね、改まって話とは」

京風が大きな伸びをしながら体を反転させそして彼に座るように言うといつもの優しい目で彼をみつめた。

「どうした、何か心配事でもあるのかな」

暫く頭を垂れたままの彼は意を決したように京風の目を凝視する。

「先生、僕は明日ここを出ていきます」

京風は一瞬驚いた様子を見せたものの少し間を置いた後に震える声でありがとうと呟いた。

昨日（きのう）のきょうという倫三郎の素早い反応に京風はそんなに急ぐことはないよという言葉を飲み込むと庭が一望に見渡せるガラス戸に近づいていった。

晩秋の黄葉（おうよう）には派手さはないものの紅葉にはない風情があると紅葉より黄葉を愛している彼は書斎から見える部分の庭にあえて黄葉樹だけをまとめた一角を作っている。庭のところどころには常備灯が立てられ、その明かりがほのかに樹々を浮き上がらせ庭全体が幻想的な佇まいになっている。幻想的なその風景と対峙した彼はこの風景を見続けてきた長い歳月に思いを馳せる。

「こっちへ来てごらん」

京風の言葉に促されるままに立ち上がった彼は京風と並ぶと無言のまま夜目にも見事な樹々を見つめた。

「見事だろう。黄葉したこれらを見ていると私はいつも我々の抱える欲望の何と果てしないことよと考えるんだ。そう、実は私は君の作品に手を入れながら時として君の若さと才能が妬（ねた）ましくてならなかったよ。君の持てるものを奪えるものなら奪いたいとも思ったよ。そうなんだ、我々は結局そういう欲望の数珠つなぎの中で生きているのかもしれないんだよな」

そう言った京風は踵を返すと扉の後ろにある本棚にしまっていたブキャナンと二つのグラスを手に持ち彼の横に戻って来た。

「最初で最後の乾杯になるな」

二つのグラスに三分の一ほどブキャナンを注ぐと京風は一つを彼に渡す。

「なあ田宮君、私は今まで何十回となく別れを経験しているはずなのに、これだけは何度やっても慣れないものだね」

倫三郎の喉には熱い塊が上ってくる。

「桜の季節ほどではないが晩秋の季節のこの黄葉の連なりも実に別れの場面に相応しい」

そう言うと京風は彼のグラスに自分のそれを軽く当てた。

「上島書房には君のことは話してある。新しい下宿先が決まったら一度行ってみるといい」

「先生には何と言って感謝すれば良いのか……」

「いや、私のほうこそ本当に申し訳ないことをしてしまった」

京風は苦しげに言葉を吐き出すと深々と頭を下げた。

先生、やめてください……倫三郎は子どもがイヤイヤをする時のように首を大きく振った。

「私は明日、見送りはしないからね」

そう呟き背を向けた京風のグラスを持つ手が小さく震えている。倫三郎は残ったブキャナンを一気に呷ると京風に一礼して入り口に向かったがそれに京風の声が追いかける。

「家内がね、田宮さんに襲われたと言っているんだ」

振り向いた倫三郎は何度も瞬きを繰り返しながら京風の後ろ姿を見つめる。

「君には本当に迷惑をかけてしまったね」

倫三郎は黙ったまま頷くと扉を押した。


「えっ？　本田夫人は解離性同一性障碍だけでなく虚言癖もあったのですか？　虚言癖もある女性と知り合ったばっかりに、その倫三郎とかいう人はなんとも酷い目に遭いましたね」

久須夫は若い男に向かって気の毒にと呟くと肩をすくめて見せた。

「いえ、それなんですがね、倫三郎さんが言うには本田夫人の虚言癖云々に関しては自分でも甚だ自信がないと言っているんですよね」

「ええっ？　と言うことは本田夫人の言ったことは真実だったということなんですか？」

久須夫は解決出来ない難題を目の前に突きつけられたかのような複雑な表情を浮かべる。


昭和十二年、その年の霜降り月は底冷えのする真冬の寒さがすでに何日も続いている。その夜も倫三郎はせんべい布団を二枚、頭からすっぽりかぶると本田京風に見てもらった第七作目の作品を修正するのに懸命になっている。

しかしその時、久しく途絶えていた庭の小砂利をきしませながらひっそりと歩くあの音がかすかに聞こえてきた。

「またか…」

全身に襲いかかる恐怖に耐え切れず彼は慌てて立ち上がると電気を消し頭から布団に潜り込んだ。そして両耳に人差し指をねじ込んだ彼は魔物が立ち去るのを辛抱強く待っていたが耳を塞いでいても彼の耳は建物の周りを歩く密やかな足音を確実に聞き取っている。一周、二周…彼女はいったいいつまでこの建物の周りを廻るつもりなのかと思いながらも大きく震える体を抱えて彼は耐えていた。

(早く行け、早く消えろ)

四周、五周…それを数えているうちに催眠術にかかったように彼の意識は徐々に遠ざかりそしてゆっくりと眠りに落ちていった。

どれくらいの時間が経った時だったろうか、あまりの寒さに目を覚ました彼は布団からはみ出し夜気にさらされた肩が冷え切っているのを知り撥(は)ね退けた布団を首筋まで引き上げようと布団に手を伸ばした。冷え切った彼の肘が何か柔らかいものに触れた瞬間慌てて跳ね起きた彼は月明かりのそこに柔らかなものの正体を見た。そこには腰を薄衣(うすぎぬ)で覆っただけで彼のほうに横臥(おうが)した亜希乃が軽い寝息を立てて眠っている。思いもかけぬ事態に襲われた彼はただ唇を震わせ声も出せないままでまたもやその場に倒れ込むと意識を失ってしまった。

再度気が付いた時、彼は寝乱れた寝具の中にひとりで寝ていたのだが、立ち去る時に彼の耳元に囁いた女の言葉が記憶となって彼の脳裏に刻み込まれていた。

「約束よ。きょうという記念の日には坂の下のあの権現神社で待っているわ」と。


「本田邸を出てからも毎年霜降り月のその記念日に倫三郎さんが権現神社に行っていた、それをあなたが必死に止めていたという訳だったんですね」

拒絶する気持ちがありながらもいっそう泥沼にはまり込んでしまう救いようのない生き物が男なんだと思う久須夫はまったくあなたと同感ですよという笑いを男に送る。

「男は昔関わりのあった女がその時の熱量を持ち続けているという何ともお目出たい幻想に囚(とら)われているがそれは実に甘い。女は男に背を向けた瞬間なんの未練も残さない生き物なんですよ。しかし…作家先生はきょうの記念日にはやはり約束の場所には行くんですよね」

男は憐憫(れんびん)の眼差しで久須夫を見つめる。

(きょうの記念日だと？　この男はどうしてそれを知っているのだ)

冷え切ったお茶を一気に飲み干し男は立ち上がると真正面から挑むように彼を見つめている矢衣奈の写真に挨拶のつもりか軽く手を上げたばかりかウィンクまでしてみせる。

無聊(ぶりょう)をかこつ状況の中、見知らぬ男の滅多にない話が聞けただけでもきょうはここに来ただけの価値があったというものだと久須夫は大きな伸びをした。

画廊のオーナーは身の安全を図るために一週間の会期中は会場には行かないと宣言し彼に全責任を押し付ける。七時の閉廊時間になると火元を確認した彼はオーナーから預かった鍵で戸締りをしながら切れの良い声を出す。

「何といったってきょうという日は僕の六十三回目の誕生日なんだ！」

雨上がりの暮れなずむ日比谷通りは華美（かび）でありながらまた死にゆく街の様相を見せるがそのような状況の中でもなぜか数寄屋橋の立体交差点の信号機だけがなんとも律儀に信号を送り続けている。

かつてのその名画座は街の灯りが間引きされた中に大きな影となって建っていた。考えてみればこの状況下で映画が上映されているはずなどないのだが彼は矢衣奈と初めて会った三十年前の日没時を思いながら周囲を見回してみる。しかしその時彼の心臓は予期せぬ不規則な鼓動を打ち始めた。

「おいおい、この馬鹿心臓が！　よりによってこんな時に何をしやがる」

胸を押さえ全体重をビルの壁にもたせ掛けると彼は救急車を呼ぶためにコートからスマホを取り出したが手から滑り落ちたそれは数メートル前方へと飛んでいってしまった。

足早に地下鉄の駅方向に男がひとり歩いていくのが遠くに見える。彼はその男に助けを求めるために弱々しく右手を上げ唸り声のような息を洩らすものの人通りの絶えた街から一刻も早く立ち去ろうとする男の耳には彼のうめき声など届くはずはない。

その時薄れゆく意識の中に幼い彼に繰り言のように話していた祖母の声が今大きな渦のようになって旋回している。

「あんなぁ、久須夫。お前のじいちゃんは酷(ひど)い男でな、子どもが出来た十六歳の私を置き去りにして何を思ったか本田なんとかいう偉い作家先生のところに弟子入りするために東京に行ってしもたんや。けんどな、なんやけったいな女に引っ掛かってもてな、なんや風の便りではどこぞ分からん所をさまよい歩きそのあげく誰も知らん土地で野垂死(のたれじに)したんやそうや。お前のじいちゃんの墓がないのはそういう訳やがのう、なにしろお前は顔から身体つきからしてじいちゃんにうりふたつや。せやからなあ、ばあちゃんはお前のことがほんま心配なんや。なっ、久須夫、くれぐれもこれから先じいちゃんのようにならんように女にだけは気ぃつけや。そう、じいちゃんはとうに八十は過ぎとるはずやのに何や今でもそのけったいな女に会うために野垂死した二十代の若さのままでこの世をさまよい歩いとるらしいんや」

（じいちゃん？　そうか、あれはオレのじいちゃんだったのか。なあ、じいちゃんよ、じいちゃんもオレも間違いなく田宮家の血を引いているっていうことだな。結局はじいちゃんもオレも女に振り回されて最後は行き倒れの図ということらしいや。だがな、この灯りの消えた無人の街のこのシミだらけのビルの壁にぶざまにもたれかかったままオレはどう嗤われようとも矢衣奈を待つよ。そう、じいちゃんの女と違って情の深いオレの矢衣奈はきょうという日を忘れることなく必ずやって来てくれるはずだからさ）

銀座の裏通りの夕闇の空気に顔を対峙させた久須夫は、意識が遠ざかっていく現実をその目でしかと見届けようと思い切り目を見開いた。

昭和十三年の春、その日の夕刊にはその日早朝に中部地方岡山のある集落で起きた数十人が犠牲となった凄惨な殺人事件を大々的に報じていた。そしてその同じ紙面の片隅に見落としてしまうくらいにひっそりと田宮倫三郎の失踪記事が載っていた。

そこには東京市滝乃川区田端で下宿をしていた作家志望の田宮倫三郎さん（23）が自作の小説の原稿を持ったまま二カ月前の三月から失踪しているとあった。そして記事の結びには田宮さんの行方は未だに杳として知れないとあった。

そしてそれから三カ月が過ぎた夏の盛り、その日の朝刊には日本の文壇の大御所・本田京風氏（59）が耽美派の筆致から再度生まれ変わり、年齢を感じさせない何とも瑞々しい感性の作品を引っ提げて文壇に戻ってきたという記事が大きく報じられていた。

著者プロフィール

西　炎子（にし　えんこ）

兵庫県出身

画家

著書　『パッション（還る場所を探して）』　2008年刊行
　　　『戯・白い灯小町』　2011年刊行
　　　『懸ける女』　2013年刊行
　　　『失われた白い夏』　2016年刊行
　　　『日映りの時』　2019年刊行
　　　『灯下の男』　2021年刊行

溝

さはさりながら　ひと皆狂鬼を棲まわせて

二〇二三年八月二十日　初版第一刷発行

著　者　西炎子
装　画　西炎子
装　丁　ＥＮＫＯ企画
発行者　谷村勇輔
発行所　ブイツーソリューション
〒四六六・〇八四八
名古屋市昭和区長戸町四・四〇
電　話　〇五二・七九九・七三九一
ＦＡＸ　〇五二・七九九・七九八四
発売元　星雲社（共同出版社・流通責任出版社）
〒一一二・〇〇〇五
東京都文京区水道一・三・三〇
電　話　〇三・三八六八・三二七五
ＦＡＸ　〇三・三八六八・六五八八
印刷所　モリモト印刷

万一、落丁乱丁のある場合は送料当社負担でお取替えいたします。
ブイツーソリューション宛にお送りください。

ISBN978-4-434-32282-2